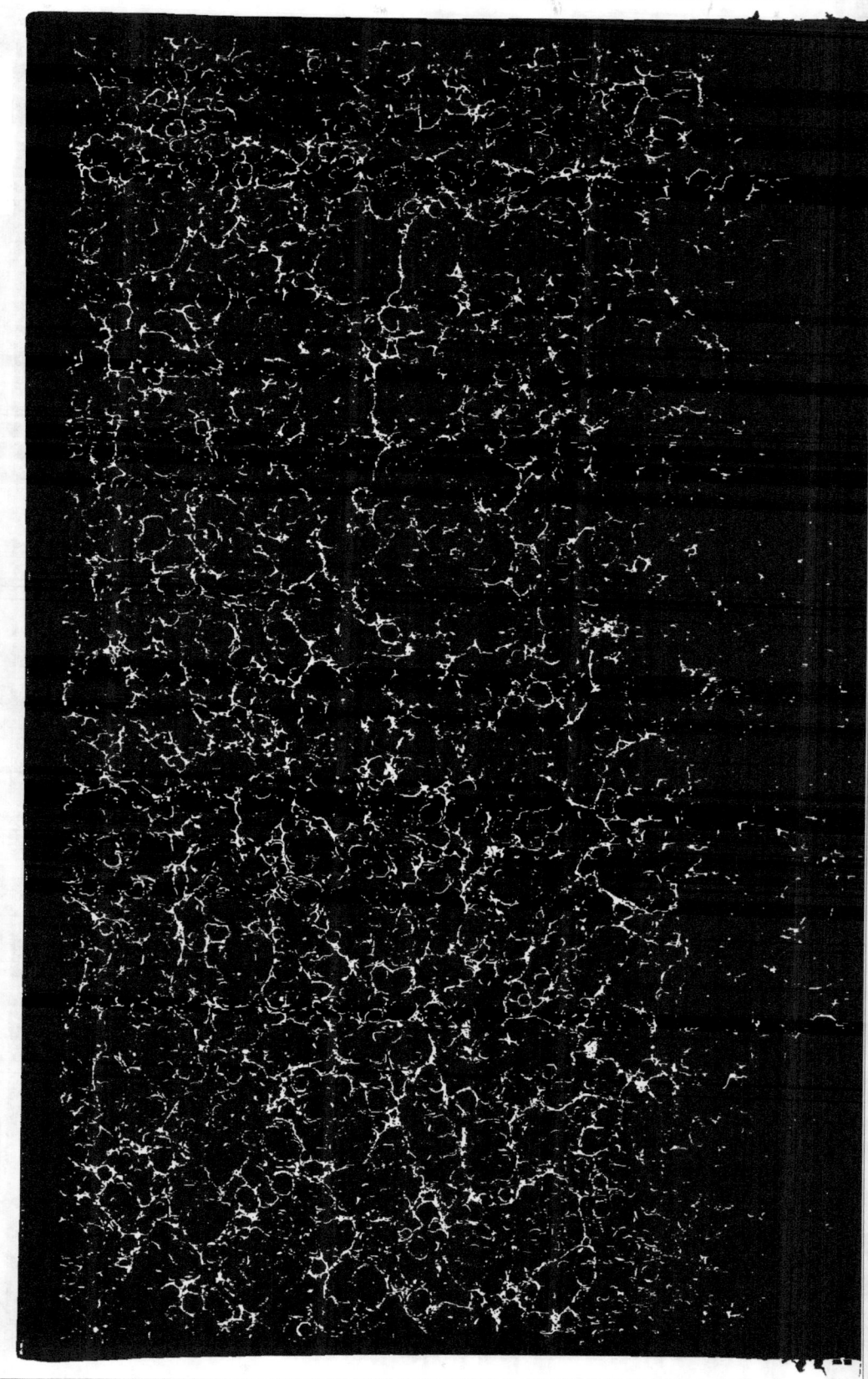

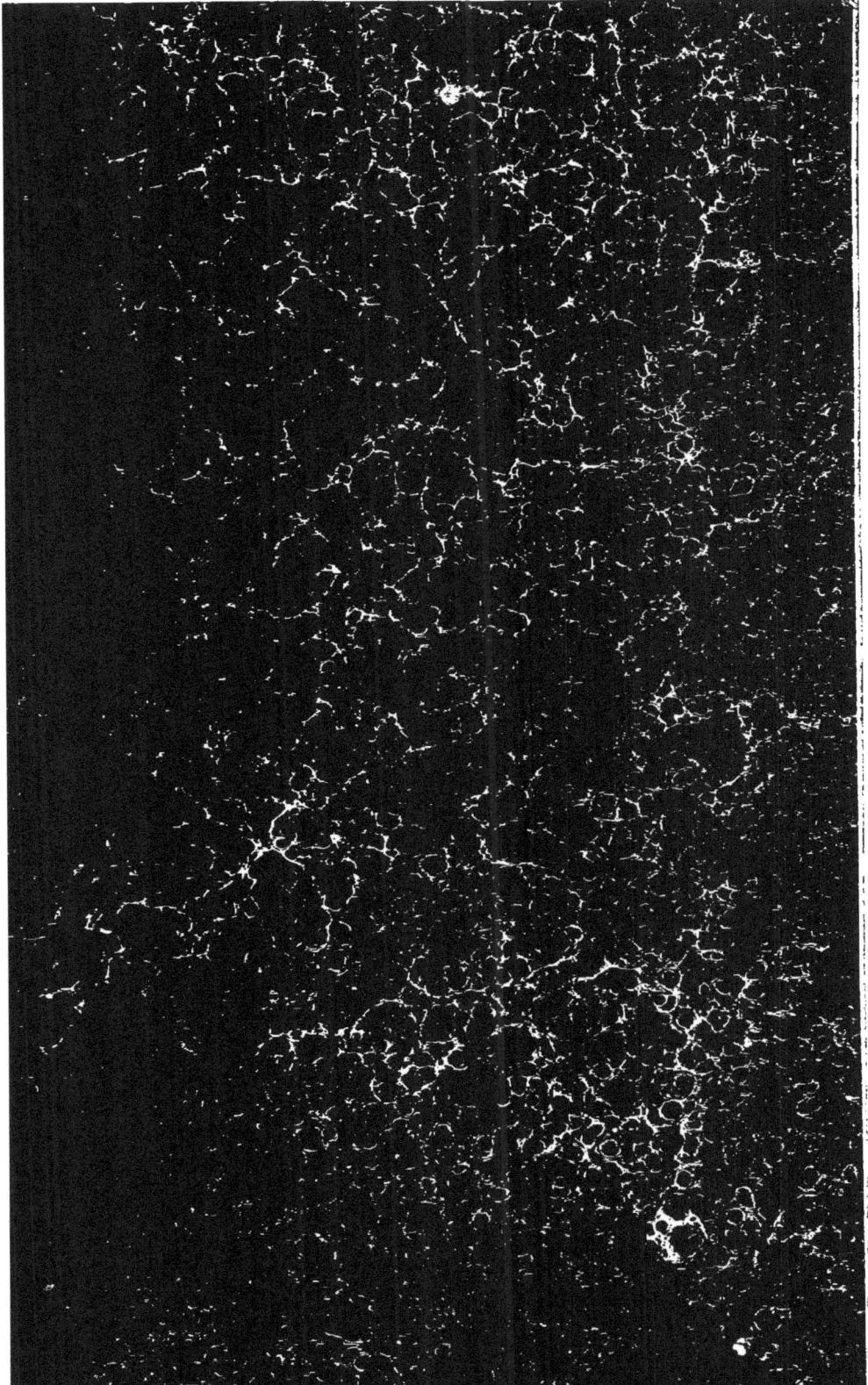

0,60

LE MISANTROPE

DU MARAIS.

IMPRIMERIE DE FIRMIN DIDOT FRÈRES,

RUE JACOB, N° 24.

LE

MISANTROPE

DU MARAIS,

OU

LA JEUNE BRETONNE.

HISTORIETTE DES TEMPS MODERNES.

PAR ALEX. DUVAL, DE L'ACADÉMIE FRANÇAISE.

PARIS.

DUFEY ET VEZARD, LIBRAIRES,

RUE DES MARAIS ST-GERMAIN, Nº 17.

1832.

PRÉFACE.

L'usage où l'on est de mettre une préface à la tête d'un livre, quelque petit qu'il soit, est si bien établi qu'il n'est plus maintenant possible de s'en dispenser. Malheur à l'écrivain qui voudrait se soustraire à cette pénible obligation. C'est un moyen bien connu d'appeler sur un ouvrage l'attention publique, sans compter l'extrême avantage que l'on a de pouvoir parler de soi tout à son aise. Puisque telle est la loi, sachons nous y conformer, et faisons part au lecteur, qui lit les préfaces, des motifs qui m'ont décidé à composer mon petit roman, et surtout à le faire imprimer.

Je lui dirai d'abord que l'état actuel du Théâtre français, le genre qu'il semble avoir définiti-

I

vement adopté pour sa gloire et pour son profit, m'ont tout à fait éloigné de la carrière
dramatique. Quel est l'auteur assez téméraire
qui, après avoir composé une pièce où les règles de l'art ne seront pas violées, et d'où le bon
sens et la morale ne seront pas bannis, osera
la livrer, je ne dirai pas au jugement du public....

J'en étais là de mon travail, lorsque ma
bonne servante est venue m'annoncer que mon
libraire désirait me parler. Cette annonce imprévue me fit redresser sur mon fauteuil
avec un certain orgueil.... Oh! oh! me dis-je,
parlerait-on encore de moi? Me croit-on capable d'écrire autre chose que des ouvrages
dramatiques, et mon libraire aurait-il flairé
mon manuscrit? — Eh bien! soit; voyons-le
venir, peut-être ferai-je une bonne affaire, ce
qui m'est rarement arrivé.

— Ah! bonjour, Monsieur, me dit le libraire
en entrant. —Vous voilà à votre bureau...—Est-
ce que vous travaillez encore?

—Vous le voyez bien; lui dis-je avec un peu

d'humeur, très-mortifié de ce que la voix publique ne l'en avait pas instruit.

— Je croyais que vous aviez abandonné le théâtre; que, par un esprit d'opposition classique, vous n'aviez pas voulu adopter nos nouvelles doctrines littéraires et marcher sur les traces de nos nouveaux grands maîtres. Cependant vous auriez pu, vous conformant au goût du public....

—Mon cher Monsieur, lui dis-je d'un ton très-sec, je ne marche sur les traces de personne. Quand je me suis lancé dans la carrière dramatique, j'ai pris, tout en admirant et respectant mes prédécesseurs, une allure tout à fait indépendante; j'ai fait ce que j'ai voulu faire. J'ai suivi mes inspirations telles que me les a données le hasard ou mes observations; et dans cette carrière où j'ose me flatter d'avoir obtenu quelques succès, je n'ai jamais offensé mes rivaux. Tandis que les grands hommes, que vous voulez bien m'offrir pour modèles, ont commencé par dire du mal de tout le monde, et par mépriser des auteurs qu'ils ne pourront jamais égaler. Permis à eux. L'amour-propre n'est pas défendu à un auteur. Mais que tous nos jeunes grands hommes ne se disent pas novateurs, car ils n'ont jamais fait qu'imiter. Parce qu'ils ont rapetassé toutes les rapsodies allemandes ou anglaises, ils se croient de petits Shakespeare ; et ils nous donnent pour la vérité toutes les inepties, les mots burlesques et les expressions gothiques qu'ils ont puisés dans *nos mystères.* Riches de tout ce vieux butin méprisé par nos aïeux, ils nous ont jeté ce fatras à la tête, en nous disant, « *Admirez, voilà le vrai beau.* »

—Monsieur, vous pouvez avoir raison; je n'entends pas grand'chose à ces matières-là ; on me vend un livre, je l'imprime ; c'est mon unique affaire. Seulement, si j'en vends plus d'une édition, je ne crois pas me tromper en disant que le livre est fort bon.

—Et quelle peine aussi ne vous donnez-vous pas pour le vendre !

—Oh! cela est vrai, j'en conviens. Ce n'est pas chose si facile que de faire connaître un livre.... Si on n'a pas des protections à tel ou tel journal.... Mais revenons à notre affaire. — Le manuscrit que je vois là sur votre bureau n'est donc pas une comédie, un drame?

— Non, mon cher libraire, c'est un petit roman....

—Mais vous n'avez jamais travaillé que pour le théâtre....

—Ce n'est pas un motif pour ne point s'essayer dans un autre genre.

—Monsieur, c'est que, par le temps qui court, le roman est une œuvre bien difficile.

—Je vois que vous n'avez pas beaucoup de confiance en moi....

—Oh! pardonnez-moi, beaucoup au contraire, et je vous promets bien de vous l'acheter, s'il remplit les conditions qui sont indispensables pour que je puisse parvenir à me débarrasser d'une édition.

—Moi, je croyais que ce genre était à la mode.

—Oui, Monsieur, quand le titre porte certain nom connu dans ce genre, et si l'auteur sait se conformer au goût du public.

— Je ne sais pas si je me suis conformé au goût du public ; mais je me suis conformé au mien d'abord.

—J'entends bien. L'auteur a toujours ses raisons quand il compose son livre ; mais nous, obligés de le vendre, nous avons aussi les nôtres.

—Mais, enfin, quelles sont donc les qualités qui peuvent faire espérer le succès d'un roman ?

—D'abord, Monsieur, on a une manière d'écrire qui n'existait pas de votre temps.

—Et quelle est cette manière ?

—C'est un peu difficile à expliquer, surtout pour moi qui ne suis pas très-initié dans les dogmes de notre nouvelle littérature ; mais comme j'ai vendu bien des genres de style dans ma vie, je sais pourtant celui qui va le mieux.

—Mais, enfin, ne pouvez-vous me faire connaître d'une façon ou d'une autre le style qui se vend si bien? Faut-il qu'il soit clair, concis?....

—Oh! non : au contraire, pas de clarté; c'est du vieux temps. Il faut réunir beaucoup, beaucoup de mots, épuiser tout le dictionnaire pour exprimer une idée. Quand on a tous ces mots, on les arrange de façon qu'ils se joignent, qu'ils se heurtent, qu'ils se brisent, et votre style alors devient comme celui de nos écrivains à la mode, rayonnant, haletant, palpitant, sautillant, pétillant, tourbillonnant et éblouissant à tel point qu'on ne retrouve plus la pensée sous l'abondance des mots.

—J'avoue, à ma honte, que ce n'est pas là ma manière d'écrire. Dans l'historiette que je veux livrer au public, ce n'est pas moi, ce n'est point l'auteur qui parle, ce sont les personnages qui agissent et qui raisonnent selon leurs carac-

tères. Ma méthode n'est pas nouvelle. Je désire
qu'elle se rapproche de celle de Lesage ou de
Fielding. — Tous mes personnages concourent
à une action principale....

—Oui, oui, je vois bien, le vieux genre! Ce
n'est plus admissible. Est-ce que vous croyez
qu'on a fait une révolution dans les lettres
pour écrire, parler ou penser comme nos pères? Mais, enfin, quel est le fond de votre ouvrage? Avez-vous eu un but en écrivant?

— Sans cela, aurais-je pris la plume?

— Et, je le parie, un but moral?

—Sans doute; quand on se met en route, il
faut bien savoir où l'on va.

— Eh bien! c'est encore un tort. Lisez tous
nos romans modernes. Est-ce que vous y voyez
un but? Est-ce que vous y trouvez de la morale?

—Chacun a sa manière de voir et de peindre.
Mon ouvrage n'est qu'une bagatelle que je
destinais à la collection des cent et un auteurs de M. Ladvocat ; mais comme mon
sujet m'a entraîné plus loin que je ne voulais,

je me vois obligé d'en faire un livre à part.

—Il n'y a pas grand mal à cela. Vous n'avez pas oublié, j'espère, d'y mettre des scènes de terreur, des émotions?

— J'ai peint les événements ordinaires de la vie.

—C'est bien la peine de faire un livre pour nous montrer ce que tout le monde peut voir. Quoi ! Montfaucon, la Morgue, les roues, les potences ne tiennent pas une large place dans votre ouvrage?

—Eh! mon Dieu non; qu'ai-je à faire de tout cela?

—Comment, ce que vous avez à faire de cela!... Mais, Monsieur, c'est un manuscrit perdu. Quel succès voulez-vous avoir si les couturières et les lingères n'ont pas d'attaques de nerfs en lisant votre ouvrage?

— Je n'ai pas du tout pensé à plaire aux couturières....

—Ah! vous êtes plus fin que moi. Je vois de quel côté vous avez tourné votre esprit. Vous

avez voulu arriver à la haute société. Vous avez
peint les scènes les plus voluptueuses, vous
nous avez fait pénétrer dans quelque boudoir
connu, royal peut-être?

—Dieu me préserve d'en avoir la pensée. Je
méprise l'écrivain qui abuse de son talent pour
corrompre les mœurs....

—C'est très-beau. Je pense tout à fait comme
vous; mais, enfin, il faut qu'il y ait quelque
chose dans un livre.

—J'y ai fait connaître mes opinions littéraires
et politiques. Seulement, comme je vous l'ai
dit, je les ai mises dans la bouche de personnages qui figurent dans une petite histoire dont
je puis certifier que les événements sont presque tous de la plus exacte vérité.

—Des opinions littéraires et politiques, c'est
fort bien sans doute.... Et puis des événements
naturels et moraux, c'est on ne peut pas mieux;
mais ce n'est pas le moyen de plaire au public. — Cependant, si vous attaquez corps à
corps de grands personnages, si vous vous faites

le champion d'un parti, si vous ne respectez
rien, si votre livre enfin offre un grand scandale.... on pourrait espérer de couler 500 exem-
plaires dans le commerce,

—Je ne veux pas d'un pareil genre de succès.
Je ne cherche pas le scandale; si je parle de
certaines opinions politiques et des doctrines
littéraires, c'est pour les combattre à ma manière ; mais je n'attaque jamais les individus,
directement du moins.... J'espère qu'on n'aura
pas ce reproche à me faire.

— Ah! Monsieur, avec tant de respect pour
les convenances on ne réussit pas.—Une dernière question. En supposant qu'un libraire
fût assez téméraire pour acheter votre livre,
vous avez au moins des amis dans les journaux, vous êtes certain d'avance que, bon ou
mauvais, on en fera le plus grand éloge.

—C'est ce que je ne sais pas du tout. D'abord
je n'ai point d'amis dans les journaux. Ceux
que je pourrais avoir, par leur position sociale
ne s'occupent plus de littérature, et quand

même ils s'en occuperaient encore, je ne me don-
nerais pas le ridicule de solliciter auprès d'eux
un article louangeur. Tout ce que je pourrai
faire, ce sera de leur envoyer mon petit roman pour le soumettre à leur jugement éclairé.

—Ouvrage mort avant sa naissance! Je vous
le garantis dûment enterré.

—Qu'y faire? Cela ne m'empêchera pas de le
rendre public. J'approche de ma soixante-cin-
quième année: j'ai aimé les lettres et mon pays
avec la même ardeur; j'ai cultivé les unes et
j'ai défendu l'autre le mieux que je l'ai pu de
mon bras et de ma plume. A présent que je
touche à la fin de ma carrière, je crois de
mon devoir de dire encore ce que je suppose utile. Ce devoir, je le remplirai, fût-
ce même à mes frais. Si mon livre reste ob-
scur, si je n'obtiens pas l'approbation publique, j'aurai du moins obtenu le suffrage
de quelques amis que j'honore, et celui de
ma conscience qui règle seule les actions
de ma vie.

—Ah! puisque vous voulez absolument imprimer, j'emporte le manuscrit, et, comme l'a
dit votre confrère et votre ami,

Vous en ferez les frais, j'y donnerai mes soins.

ANDRIEUX.

—Soit. Emportez le manuscrit; et pourvu que
je n'aie à me mêler de rien, faites-en ce que
vous voudrez.

—J'en ferai, Monsieur, un *in-octavo*.

—Mais cela est impossible. Le manuscrit ne
suffira pas....

— Comme vous êtes novice en librairie! Ne
vous embarrassez de rien, et vous verrez que
les manuscrits suffisent toujours. Nous avons
des moyens qui sont adoptés généralement. Je
connais le public, il tient à conserver ses yeux;
et nous, nous tenons à vendre des in-8°, parce
que nous n'avons que ce moyen-là de nous
tirer d'affaire....

— Chacun son métier. Le mien est de faire
des livres.

—Et le mien de les faire imprimer et de les vendre. Je cours chez Didot. J'ai bien l'honneur de vous saluer. »

A ce mot, mon libraire me quitta; et moi, réfléchissant après son départ à tout ce que nous avions dit, il me sembla qu'en écrivant notre entretien je pourrais avoir une préface. — L'ai-je faite ?

LE MISANTROPE

DU MARAIS.

LE MISANTROPE
DU MARAIS.

HISTORIETTE DES TEMPS MODERNES.

JE suis vieux et célibataire. Ce dernier titre, qui ordinairement contribue peu au bonheur de la vie, a cependant rendu la mienne assez douce. Exempt de toute grande passion, et possédant un esprit méthodique, je sais me faire une occupation de la moindre bagatelle. Comme, selon moi, tout ici-bas doit être mis à sa place, je réfléchis deux jours sur la position d'un meuble, ou sur la manière dont je rangerai mes livres et mes estampes. La place de mes héros et de mes demi-dieux tient plus à leur format qu'à leur rang dans

2

le monde; aussi se trouvent-ils classés de
manière à faire rire les gens qui ne me con-
naissent pas. Pour savoir jusqu'à quel point
on peut porter cette manie, il faudrait voir
mon appartement. J'ai peu de livres, mais
les reliures sont belles; j'ai peu d'estampes,
mais toutes sont avant la lettre; mes meubles sont simples, mais du plus bel acajou:
enfin, d'après le choix de mes livres et de
mes estampes, on pourrait juger mes opinions et mon caractère. Dans un très-petit
espace, je renferme toutes les gloires et
toutes les réputations. Près de Montesquieu
on trouvera les contes de La Fontaine, et
près du portrait de Malesherbes, celui d'une
actrice célèbre. Cependant j'ai beaucoup
d'ordre; mais cet ordre ne s'étend point
aux objets de mon goût. Mon ordre con-
siste à me lever, à dîner, et à me coucher
à une heure fixe. Quant à mes occupations
ou à mes plaisirs, ils tiennent à mon jour-

nal du matin : c'est lui, presque toujours,
qui règle ma journée; il dispose de moi,
si un engagement ou une visite d'étiquette
n'en ordonne pas autrement; car je suis
très-fidèle aux anciennes lois de la politesse.
D'ailleurs, je sais parfaitement m'ennuyer;
il ne faut pour cela qu'un peu de complaisance, et j'en ai pour tout le monde.
Les jours où je suis dégagé de tout lien,
mon petit journal, en m'apprenant quelle
est la pièce nouvelle que l'on doit jouer le
soir, me donne à penser long-temps pour
savoir quel est le restaurateur chez lequel
j'irai dîner. Je trouve à ces petites excur-
sions un grand avantage. Le lendemain, je
puis parler dans ma société du Marais de
la pièce nouvelle ou de quelques aventures
scandaleuses qui sont encore inédites. Aussi,
grace à mes promenades, je me fais, dans
mon quartier, une réputation d'homme

d'esprit qui dure au moins pendant huit jours.

Mais c'est assez parler de moi. Je ne dois être ici qu'un narrateur fidèle, et c'est sur les grands personnages, dont je vais être l'historien, que je veux appeler l'attention du lecteur. Pourtant je dois le prévenir encore que je suis un bon homme, que, pour vivre en paix, je n'ai point voulu me marier, que je me crois très-riche, parce que j'ai des goûts modestes et que je peux me passer mes petites fantaisies. On dit qu'un célibataire est toujours égoïste, eh bien ! moi, je ne le suis point, et je fais même du bien sans le dire à personne. Si j'ai un ridicule, c'est de me croire de l'importance, surtout depuis le grand rôle que j'ai joué dans la petite histoire que je vais avoir l'honneur de vous conter pour l'instruction de la jeunesse.

Parmi les maisons paisibles du Marais, que je fréquente depuis plus de dix ans, il en est une dans laquelle il n'était permis à personne de pénétrer. C'était celle de M. le baron de Beaumanoir, ou plutôt M. *Dubocage*, nom qu'il avait pris dans le temps des proscriptions de 93, et qu'il avait conservé par caprice ou par habitude.

M. Dubocage donc, puisqu'il ne veut pas qu'on l'appelle autrement, était un gentilhomme bas-breton, beaucoup plus éclairé que les nobles de son pays, dans lequel il possédait de très-grandes propriétés. Tout imbu de la philosophie du XVIIIe siècle et de la littérature brillante de ce temps-là, il fut distingué de ses compatriotes, qui le nommèrent leur représentant à la Constituante et à la Convention nationale. Ami des *Fonfrède*, des *Gensonné*, des *Guadet*, etc., et de tous les grands orateurs de ce temps-là, il suivit leur bannière, et comme eux fut proscrit et condamné à mort. Espérant trouver un asile dans son pays, il confia sa tête à un de ses amis d'enfance qui, probablement pour sauver la sienne, fut dénoncer son hôte aux infâmes bourreaux qui nous gouvernaient alors. Instruit, je ne sais comment, de cette perfidie, M. Dubocage échappa, comme par miracle, à la trahison. Mais plein de fureur contre l'ami qui l'avait si lâchement dénoncé, tout proscrit qu'il était, il ne quitta point le voisinage de son ancien hôte. Caché sous le costume d'un paysan et parlant bien le bas-breton, il passait les nuits au milieu des *jans* épineux et des hautes bruyères qui couvrent son pays, afin de guetter son ancien ami, qui était devenu son plus mortel ennemi.

Ce moment arriva. Un soir, après un grand dîner que l'autorité du lieu venait de donner au représentant du peuple qui était alors en mission, le proscrit rencontra son

dénonciateur ivre de vin et de cette joie fé-
roce qui accompagnait toujours les orgies de
ce temps-là. Il parcourait seul la lande qu'il
devait traverser pour regagner son manoir.
Dubocage saisit ce moment pour se présenter à ses yeux. Un pistolet sur la gorge, il
le força de descendre de cheval et d'accepter un combat dont le traître fut la victime.

Sa vengeance accomplie, M. Dubocage
quitta son pays, et ce temps horrible de la
terreur ayant cessé tout à coup, il revint à
Paris. Ses talents, son patriotisme, les maux
qu'il avait soufferts pour la cause de la liberté, lui donnèrent bien des droits à la
considération publique. Mais comme il vit
que le général qui gouvernait alors finirait
par enlever au peuple tous les fruits de sa
grande révolution, il ne voulut accepter
aucune faveur et garda son indépendance.

Riche et considéré, toutes les sociétés

l'accueillirent avec empressement. Au milieu
de ce monde brillant, il aperçut une jeune
personne douce et modeste. Elle tenait à
de nobles parents, mais elle était sans fortune. Il en devint éperdument amoureux,
et ne crut pas faire un sacrifice en lui pro-
posant de partager sa grande opulence.
Heureux de l'aveu de la jeune personne qui
peut-être croyait l'aimer, il l'obtint de ses
parents. Naturellement généreux, il se plut
à embellir encore sa prétendue. Les diamants les plus beaux, les étoffes les plus
riches, les voitures les plus élégantes, tout
fut prodigué pour flatter sa jeune vanité.

Son bonheur ne dura pas long-temps.
Un officier supérieur attaché à l'état-major
de Bonaparte, cousin de la jeune personne,
s'introduisit dans la maison, et y prit un
tel ascendant, qu'un beau jour qu'il partait
pour l'armée d'Italie, il emmena sa cousine,
qui oublia tous les droits de son mari, qui

oublia tout enfin... excepté ses diamants.
Je ne vous peindrai pas la fureur de M. Dubocage, dont l'ame violente était sensible à
l'excès. Il en fit une grande maladie, qui se
termina par la faiblesse de ses organes et
une mélancolie noire qui l'entraînait lentement au tombeau.

Un jour qu'il se sentit plus d'énergie
qu'à l'ordinaire, il profita de ce moment
pour régler ses affaires. Il vendit ses chevaux et son hôtel du faubourg Saint-Germain, et il en acheta un très-grand au Marais. Cet hôtel n'est pourtant remarquable
que par son immense jardin; mais c'est à ce
jardin qu'il dut son retour à la vie. Ayant
eu dans sa jeunesse le goût de la botanique,
il le reprit avec plus d'ardeur. Il congédia
tous ses anciens domestiques, et ne garda
que son valet de chambre qui l'avait soi-
gné dans sa maladie et avait supporté avec
patience l'effet de l'humeur noire qui en

était la suite, et qui le dominait toujours.
Une fois établi au Marais, il s'environna de
jardiniers, construisit des serres, les gar-
nit de plantes les plus rares, et, à force
de travail et de distractions, recouvra
toute sa santé; mais il perdit en même
temps le désir de rentrer dans une société
dont il avait été l'ornement par son esprit
et ses connaissances.

Le souvenir de ses malheurs passés, la
solitude dans laquelle il vivait lui firent
prendre les hommes en horreur. Il ne communiqua plus avec personne, ne répondit
à aucune lettre timbrée de Paris, et vivant dans la capitale, il ne se mêlait pas
plus de ce qui s'y passait que s'il eût habité
la Chine. Tous les jours s'écoulaient assez
paisibles dans sa bibliothèque et dans ses
jardins. Il n'avait d'autre conversation que
celle de son valet de chambre et de ses ouvriers. Malgré la confiance qu'il leur accor-

dait, il les eût renvoyés sans pitié s'ils se
fussent permis d'accorder l'entrée de sa
maison et de son jardin à qui que ce fût,
et surtout à une femme. Aussi, dans le voisinage, ne l'appelait-on que l'ours, le fou,
le sauvage. Tout ce qu'on disait de lui, lui
importait peu, pourvu qu'il vécût à sa guise.
Cependant, je dois l'avouer, du moment
que je l'approchai, j'essayai de le mettre au
courant des affaires générales; mais dès
qu'il s'apercevait que mes récits pouvaient
l'intéresser au sort des hommes, il me quittait en grondant et se réfugiait dans ses
serres.

C'est ici l'instant de raconter comment
je pus parvenir à approcher de cet homme
tout à la fois intéressant et haïssable, moins
méchant qu'il ne voulait le paraître, mais
toujours malheureux.

J'avais connu M. le baron de Beaumanoir au temps où nous le nommâmes l'un

des représentants de mon département;
plus tard, à son retour de Bretagne, je le
retrouvai dans la société. Il me fit quelques
questions sur mes affaires avec un air d'intérêt qui lui attira toute ma confiance. Je
lui dis qu'on m'offrait une place de consul
en Amérique, mais que ma fortune ne me
permettait pas de l'accepter. Que mon capital, en rentes sur l'État, étant diminué
des deux tiers, je ne pourrais faire aucun
commerce dans ce pays. Je n'allai pas plus
loin.

— Vous avez besoin d'argent, me dit-il;
vous êtes un honnête homme, vous êtes
mon compatriote, je puis vous obliger, je
le ferai. Si 20,000 fr. peuvent vous être
utiles, demain vous les aurez.

En effet, dès le lendemain, il vint me les
apporter lui-même. Une simple reconnaissance de la somme qu'il me prêtait fut tout
ce qu'il exigea de moi. Arrivé en Amérique,

je fis de très-bonnes affaires, et je fus bientôt en état de rendre à mon généreux compatriote ce qu'il m'avait prêté d'une manière si franche. J'écrivis donc en France
à ce sujet; mais quelque effort que je fisse,
aidé de mes correspondants, pour le découvrir, je ne pus y parvenir. C'était sans
doute au moment qu'il était venu s'ense-
velir au Marais, sous le nom de Dubocage,
que j'avais tenté mes démarches. J'ai su
depuis qu'après avoir fait courir le bruit
de son départ pour l'étranger, il était venu
prendre possession de sa nouvelle demeure.

Après quinze ans d'absence, rappelé dans
ma patrie, je réalisai mes biens, et je me
trouvai une espèce de fortune honorable-
ment acquise. A l'instant d'en jouir tranquillement, j'éprouvais un chagrin réel de
ne pouvoir rendre à M. Dubocage l'argent
que je lui devais. Cette idée me tourmentait. Que pensera-t-il de moi? me disais-je,

Essayons encore de le retrouver. En effet, je
recommençai de nouvelles démarches, et je
fis si bien, qu'à force de renseignements, je
parvins à découvrir la retraite de mon solitaire.

Je me présentai plusieurs fois pour le
voir, mais il ne voulut point me recevoir;
je lui écrivis plusieurs lettres, je ne reçus
aucune réponse; enfin, ennuyé de ne pouvoir le joindre, j'employai un moyen singulier qui me réussit très-bien. Je fis venir
quatre porteurs de la Banque, que je chargeai d'argent, et, me présentant à son hôtel avec ma riche escorte, je pénétrai malgré les domestiques jusque dans le salon.
Arrivé là, je fis décharger avec beaucoup
de bruit les quatre sacoches d'argent qui,
d'après la manière dont elles avaient été
arrangées, s'ouvrirent en tombant et cou-
vrirent dans un instant le parquet d'une
quantité considérable d'écus, puis je m'é-

criai d'une voix très-haute et même avec de
gros jurements « qu'il fallait absolument
qu'on reçût cet argent, que je venais tout
exprès de l'Amérique pour le rapporter à
son vrai maître; et que, s'il s'y refusait,
j'irais chercher des hommes de justice pour
le forcer à le reprendre. »

Les domestiques, tout ébahis de voir
tant d'écus et sans doute de la manière
dont je payais mes dettes, devinrent moins
récalcitrants. Ils se disposaient même à se
rendre auprès de leur maître, quand la
porte du cabinet s'ouvrit et me fit voir
M. Dubocage, qui avait raison de s'étonner
de ce qu'il voyait. Quelque changé que fût
son visage par l'âge et les chagrins, je le
reconnus tout de suite. Lui, au contraire,
ne parut pas se rappeler mes traits.

Que voulez-vous, Monsieur? que veut
dire cet argent? s'écria-t-il avec humeur.

Cet argent, Monsieur, est le vôtre. Vous

me l'avez prêté, et je vous le rends. Il n'y a rien là que de très-simple.

Je ne me rappelle pas...

Vous ne vous rappelez pas de Dulong-bois, consul en Amérique, à qui vous prêtâtes si noblement 20,000 fr. il y a quinze ans?

Oui, en effet, je crois me souvenir... Puis, reprenant tout à coup son air de mauvaise humeur, il éleva la voix, en me disant : « Et où avez-vous vu, Monsieur, qu'on s'introduisait de force dans une maison? »

Voyant qu'il se disposait à se mettre en colère. Je pris le même ton, et je lui répondis : « Et où avez-vous vu, Monsieur, qu'il était défendu de payer ses dettes? Je suis venu quatre fois pour m'acquitter envers vous, et vous m'avez fait refuser la porte. Je vous ai écrit aussi quatre fois, et vous ne m'avez pas répondu. Morbleu! on ne traite point ainsi un honnête homme qui, le cœur

plein de reconnaissance, vient vous rapporter votre argent. »

— Et je m'embarrasse bien de votre reconnaissance! Ah! pardieu oui, la reconnaissance des hommes.... Si vous m'en té-
moignez aujourd'hui, c'est que vous croyez
y gagner quelque chose. Oh! je vous connais bien tous tant que vous êtes!

— Puisque vous êtes assez malheureux
pour croire qu'il ne peut exister un bon
cœur....

— Un bon cœur! Sont-ils bien communs
en Amérique? En avez-vous beaucoup trouvé en France?

— Monsieur, il y en a partout. Il ne s'a-
git que de les rencontrer.

— Et vous en avez rencontré?

— Quelques-uns. Le vôtre d'abord. Ne
m'avez-vous pas rendu service?

— Que le diable vous emporte! Dans ce
temps-là, je ne savais ce que je faisais.

— Mais on n'a point eu tort d'obliger un homme quand on n'a point fait un ingrat.

— Si vous ne l'avez pas été pour de l'argent prêté, vous le seriez peut-être pour un autre genre de bienfait.

— Je ne sais pas ce qui vous donne le droit de penser si mal de moi.

— Eh mon Dieu! ne vous plaignez pas. Je vous estime tout autant que les autres hommes.

— Il faut que vous ayez bien à vous en plaindre pour les traiter si cruellement?

— En effet, ils m'ont fait tant de bien! Mais mes affaires ne vous regardent pas. Finissons. Vous dites que je vous ai prêté 20,000 fr., vous me les rapportez, à la bonne heure.

— Plus, les intérêts à 5 pour cent qui font, pendant quinze ans, 15,000 fr., que je vous offre en billets de banque.

— Qu'appelez-vous, Monsieur, des intérêts ! Qui vous donne aussi le droit de
m'insulter chez moi ? Si c'est un service
que je vous ai rendu, ai-je stipulé des intérêts ? Dans le temps que je vous ai obligé,
je n'avais pas encore désespéré du genre
humain ; et quoique déjà persécuté par ce
bon peuple, dont j'avais rêvé le bonheur ;
et quoique trahi par mon bon ami, le plus
infâme coquin!... je croyais encore à des
vertus. Aussi je vous défie de me prouver
que vous me devez des intérêts.

— Non, Monsieur, mais l'usage....

— Votre usage est celui des usuriers. —
Laissons cela. Je m'emporterais. Laissez-
moi mes 20,000 fr., et faites-moi le plaisir
de ne plus me déranger de mes occupations.

— Je ne demande pas mieux que de m'en
aller, et surtout de ne plus revenir. Mais,

3.

Monsieur, vous avez des héritiers, et je dois....

— Que me parlez-vous d'héritiers! Est-ce que j'en ai, est-ce que je veux en avoir?

— Mais, enfin, on ne peut pas emporter son bien dans l'autre monde.

— C'est ce que nous verrons. — Mais quelles idées venez-vous me mettre dans la tête, et quel rapport cela peut-il avoir avec vos 20,000 francs?

— C'est qu'après votre mort, vos héritiers, quels qu'ils soient, en trouvant mon billet, me les feront payer une seconde fois.

— C'est vrai. Je n'y pensais pas. — Mais sais-je ce que j'ai fait de ce chiffon de papier. — Je le chercherai. Au reste, en vous donnant un reçu... Revenez dans trois jours, je vous satisferai d'une façon ou d'une autre.

— Je reviendrai avec plaisir.

— Oui, pour voir un original, pour vous moquer d'un malheureux.... Si je savais que la curiosité seule vous eût engagé à me rapporter mon argent, je vous prouverais qu'on ne m'offense pas impunément.

— Monsieur, je vous proteste....

— Point de protestation, en voilà assez sur ce sujet, je vais arroser mes fleurs.

Et le bourru sortit sans me faire le moindre salut.

De retour chez moi, après avoir laissé à son valet de chambre intendant la somme que je devais, je me mis à réfléchir sur le caractère singulier de mon créancier. Ses chagrins avaient fini par le rendre tout à fait misantrope, car il était bien vrai qu'il n'entrait dans sa manière de vivre aucun désir de paraître original. Il ne pouvait pas même avoir eu la pensée d'attirer l'attention publique, puisqu'il vivait dans une telle solitude, que depuis plus de 15 ans

il n'avait pas quitté l'enceinte de ses jardins.
Depuis j'ai su même par l'un de ses gens
qu'il ne faisait point devant eux parade de
sa misantropie. Dominé par la passion des
fleurs, il avait placé là toute son existence.
Cette passion lui donnait des jouissances
si vives, et il était tellement habitué à sa
solitude, qu'il ne se trouvait point malheureux. Seulement lorsque quelque circonstance importante le forçait à ramener son
attention sur les affaires de ce monde, s'il
était obligé de se rapprocher des hommes
pour la conservation de ses biens, alors le
souvenir de tous ses maux passés revenait
troubler sa vie, et le jetait même encore
dans des accès de fureur que son vâlet de
chambre, le seul homme qui eût sa confiance, avait beaucoup de peine à calmer.
Son état enfin était encore une véritable
maladie.

Si par le service qu'il m'avait rendu il

m'avait déjà paru intéressant, il dut l'être encore davantage à mes yeux en le retrouvant la victime de malheurs qu'il n'avait point mérités. Sa haine contre les hommes ne venait que d'un excès de sensibilité, et je me promis par un devoir que me dictait la reconnaissance, d'essayer au moins d'adoucir ses maux, puisqu'il ne m'était pas réservé de les guérir.

Ainsi qu'il me l'avait permis, au jour indiqué je me rendis chez M. Dubocage, qui me reçut, comme on le pense bien, sans empressement, mais comme un homme qu'il s'attendait à revoir. « Je n'ai point trouvé, me dit-il en entrant, le papier que vous désirez; mais voici un reçu bien circonstancié, entièrement écrit de ma main, qui vous ôtera toute inquiétude pour l'avenir. » — Tout en le remerciant de sa peine, je jetais à travers les vitres un regard de curiosité sur les belles fleurs qui garnissaient les de-

grés du perron de son jardin. Ah ! voilà,
dis-je, le Penthore qui doit vous venir de
l'Amérique.

— Oui, et j'ai eu beaucoup de peine à
l'avoir, il m'en manque encore un de la
même famille, qu'il m'est impossible de
trouver. Je dois m'en consoler, puisque le
Jardin des plantes n'a pu encore se le procurer.

— Pourquoi donc vous en consoler? il
dépend de vous d'en augmenter votre collection, j'ai pour ami le plus grand amateur
de Philadelphie, je suis certain d'avoir vu
chez lui l'arbuste que vous me désignez, et
j'assure qu'à ma première demande on s'em-
pressera de me l'envoyer.

— Est-il possible!... Puis il ajouta avec un
sourire amer, ah! dans votre jeunesse vous
avez dû être un grand séducteur. Mais
puisque vous aimez la botanique, venez
voir mes serres.

Enchanté de cet accueil, je le suivis dans son jardin qui était fort beau, et dans ses serres qui pouvaient presque le disputer à celles du Jardin des plantes. Comme je marchais avec lui, je lui prouvai en lui nommant toutes ses plantes exotiques, que je n'étais pas tout-à-fait un ignorant. Il avait en m'écoutant un air de satisfaction qui donnait du charme à son beau visage que l'âge et les chagrins avaient beaucoup altéré.

— J'ai du plaisir à vous entendre. Au moins vous ne m'estropiez pas tous les noms de mes plantes comme le font mes jardiniers.

— Ah! voilà, dis-je en l'interrompant, un superbe agave.

— C'est le plus beau qui soit à Paris. Il doit fleurir dans huit jours, et j'attends sa floraison avec une impatience extrême.

— Je voudrais bien la voir.

— Eh bien vous la verrez ! Laissez-moi votre adresse et je vous ferai prévenir quand même mon agave fleurirait au milieu de la nuit.

Enchanté de cette promesse et certain de le revoir encore, je ne crus pas devoir prolonger plus long-temps ma visite et je le quittai sans trop de cérémonie. Il me salua d'un mouvement de tête et me suivit de l'œil avec un air de regret qui semblait me dire « mais vous pouviez rester encore. »

Huit jours après, le valet de chambre vint m'avertir de la part de son maître, qu'il m'attendait pour voir la fleur dans son éclat ; je m'y rendis. Après avoir raisonné sur sa beauté et sur les différentes espèces de plantes grasses, nous rentrâmes dans son cabinet. Sur une table était un échiquier tout garni de ses pièces. Ah ! lui dis-je, avec un air de provocation, vous jouez aux échecs ?

— Oui, dit-il, d'un air d'indifférence, j'y joue quelquefois avec mon valet de chambre; mais il est si mazette que j'y prends peu de plaisir.

— C'est un jeu admirable! autrefois j'en étais passionné. On prétendait même que j'y étais d'une certaine force.

— Ah! parbleu, voyons. Mais s'arrêtant tout à coup, il ajouta bientôt avec un air de regret : « vous avez peut-être des affaires. »

— Non, tout mon temps m'appartient comme indépendant et célibataire.

— Ah! oui, célibataire, je le sais, et cela ne vous fait pas de tort dans mon esprit; eh bien, essayons une partie.

Nous nous mîmes au jeu, il gagna la première partie avec beaucoup de peine; il y prit un tel plaisir qu'il m'en proposa une seconde que je gagnai. — On vint l'avertir qu'il était servi, il ne me retint point à

dîner ; mais il me dit seulement avec le ton
d'une provocation : nous nous retrouverons ;
je vous remets à la huitaine.

J'étais tout fier de mes progrès dans l'esprit du misantrope. Quelques-uns de ses
voisins qui étaient de mes connaissances,
me firent le soir compliment sur ce que
j'avais pu pénétrer dans l'antre de cet ours.
Ils m'avaient vu de leurs croisées et ils ne
concevaient pas quels moyens j'avais pu
employer pour arriver en ce lieu redoutable.
Ils me trouvaient si courageux qu'ils voulaient m'obtenir la place de gardien de la
ménagerie royale. Selon eux, j'en étais digne par le grand talent que j'avais d'appri-
voiser toute espèce d'animaux. Cette attaque
me donna l'occasion de parler des nobles
qualités de M. Dubocage et du service qu'autrefois il m'avait rendu. En ne rapportant
que quelques faits de sa vie qu'ils ignoraient,
je finis par répandre sur cet homme bizarre

et malheureux un intérêt dont à coup sûr il ne m'eût point remercié s'il avait pu m'entendre.

Au jour fixé pour notre partie d'échecs, je me rendis à mon rendez-vous avec cet air délibéré d'un homme qui se croit nécessaire. Je trouvai M. Dubocage dans son cabinet, environné de papiers et le front tout soucieux.

Ah! dit-il: vous voilà, en me voyant entrer. Vous venez bien mal à propos, je suis dans un tracas d'affaires.... Le maudit intendant de mes biens situés en Bretagne, m'annonce qu'un fou de neveu que j'ai dans ce pays-là et dont la loi m'a fait le tuteur malgré moi, a atteint l'âge de sa majorité et qu'il demande à être mis en possession du bien de ses pères.... Tout cela demande des lettres, des envois de pièces, enfin une communication avec cette race d'hommes que je déteste.

— Mais que ne prenez-vous des gens de
lois, un avocat éclairé....

— Eh bien! oui, un avocat qui se croi-
rait obligé de m'ennuyer tous les jours pendant trois heures. Car ils sont parleurs ces
avocats, et tout cela pour me jeter dans un
tas de procès dont je ne verrais pas la fin
avant ma mort. Au diable soit la parenté!

— Mais, dis-je, très - timidement, j'ai
fait mon droit, je connais les affaires, et si
je ne craignais pas de vous paraître indis-
cret, je vous proposerais....

— De vous charger de tous mes embarras. Oh! très-bien! vous me rendrez vraiment service. Tenez; j'ai 80,000 fr. de rente,
je ne crois pas que j'en dépense la moitié....

— Alors du surplus de votre revenu
vous faites quelque chose? des économies....

— Et pourquoi donc des économies!

pour laisser mon bien à des gens qui se moqueront de moi après ma mort.

— Ah! je vous comprends, il est si doux de répandre des bienfaits....

— Oui, des bienfaits, voilà la morale ordinaire. — Faire du bien aux hommes, les misérables! M'ont-ils fait du bien à moi qui me plaisais à les combler de mes richesses. Cet or, je l'enfouirai plutôt dans les entrailles de la terre afin de les en priver. — Selon vous, il faudrait le donner à ce peuple ignorant qui a voulu traîner son défenseur au supplice. Enrichirai-je la famille de ce bon ami qui m'accorde un asile sous son toit pour me livrer pieds et poings liés à des bourreaux? Mais au moins de celui-là je me suis vengé! (Il dit ce mot avec un accent terrible, puis reprenant avec l'impétuosité d'un jeune homme de 20 ans)

— Non, j'irai plutôt offrir ma fortune, mon or, mes diamants, tout ce que je possède

enfin, à quelque jeune innocente bien naïve,
bien candide : son regard me charmera, elle
s'emparera de tout mon être, elle sera mon
bonheur, ma vie, et lorsqu'elle aura absorbé toutes les facultés de mon âme, la
cruelle viendra de ses propres mains déchirer ce cœur qui ne battait que pour elle,
me réduire à un état de stupidité, me rendre la risée de cet exécrable monde. Oh !
puissent tous les maux qu'elle m'a fait souffrir, retomber sur sa tête. — La perfide !
L'infâme !.... J'étouffe.

Au même instant tous ses traits se dé-
composèrent — et le visage renversé, il
tomba sur son fauteuil dans une espèce de
mouvement convulsif. Dans la crainte qu'il
ne mourût devant moi, je me jetai vivement sur le cordon de la sonnette, et à son
bruit qui se ressentait de l'agitation de mon
âme, le valet de chambre accourut.

Dès qu'il fut entré dans l'appartement,

et qu'il eut vu son maître en cet état, il s'é-
cria : Ah! Monsieur, vous lui avez parlé de
sa femme ! Puis s'emparant de quelques fla-
cons, il lui fit respirer des sels avec le plus
vif empressement. Moi, j'étais resté dans
une sorte de stupeur de tout ce qui se passait sous mes yeux; mais me ravisant tout
à coup, je crus que je devais aussi montrer
l'intérêt que je prenais à la situation de
M. Dubocage; je m'approchai donc de lui.
— A ce mouvement, le valet de chambre me
dit vivement : Non, Monsieur, je n'ai pas besoin de vos soins, et si vous tenez à conserver vos relations avec mon pauvre maître,
éloignez-vous avant qu'il reprenne ses sens.
— J'étais tellement embarrassé de moi-
même, que je ne me fis pas répéter deux fois
cette invitation; je rentrai chez moi le cœur
contristé du malheur de cet honnête homme
qui, né avec tous les moyens d'être utile à
ses semblables et d'être heureux lui-même,

4

se trouvait, par des circonstances malheu-
reuses, le plus infortuné de tous les mor-
tels.

J'envoyai dès le lendemain mon domestique savoir des nouvelles de M. Dubocage.
Son valet de chambre me fit répondre qu'il
allait beaucoup mieux ; trois jours après il
vint lui-même m'apporter encore des nouvelles de son maître.

« M. Dubocage est tout-à-fait rétabli, me
dit-il en rentrant. Il paraît même avoir oublié la cause de son accident; et il est si
loin de vous en vouloir, qu'il vous invite à
venir dîner demain avec lui. C'est la première fois depuis plus de quinze ans qu'il
se sera donné un convive. Pour avoir obtenu cette faveur, il faut, Monsieur, que
vous l'ayez ensorcelé. »

Je racontai au domestique comment des
rapports de goût et d'instruction m'avaient
mis en relation avec son maître. Je lui dis

même qu'il m'avait prié de me charger de ses affaires.

« Ah! daignez vous en occuper, Monsieur, vous me rendrez le plus grand service. Il m'avait chargé de toute sa correspondance avec son intendant de Bretagne; mais je vous avoue que toutes ces affaires m'embarrassent beaucoup; c'est bien assez d'avoir la distribution de ses aumônes.

— Comment des aumônes! m'écriai-je; mais M. Dubocage m'a assuré qu'il déteste trop les hommes pour leur faire du bien.

—Il me dit aussi la même chose. Il me jure même qu'il ne donne tout cet argent aux ouvriers malheureux du faubourg Saint-Antoine, dont il possède une immense liste, que pour en faire des ingrats, et les encourager dans leurs vices et dans leur paresse. Le singulier homme!

Après cet entretien, qui m'éclairait encore davantage sur le caractère de M. Dubocage, le valet de chambre me quitta en me recommandant bien d'arriver à l'hôtel quelques heures avant le dîner.

On peut croire que d'après mes idées sur notre misantrope, qui m'intéressait de plus en plus, je ne manquai pas au rendez-vous.

« Ah! bonjour, me dit-il en entrant, je vous sais gré d'être venu de bonne heure; et cependant je craignais votre présence. N'est-il pas vrai que vous avez eu pitié de moi? Que voulez-vous! des souvenirs cruels... on ne peut pas toujours oublier.

Voulant le détourner de toute idée du passé, je m'approchai de sa bibliothèque, et après lui avoir fait compliment sur le choix de ses ouvrages, j'admirai ses belles éditions et leurs belles reliures en homme qui s'y connaissait.

— Ah, ah! mais vous êtes donc aussi un amateur de livres?

— Oui, j'aime beaucoup les bons et beaux ouvrages.

— Moi, je n'ai pas d'autres amis, d'autres consolateurs dans mes chagrins. Ceux-là du moins ne me feront pas de mal, ils sont morts ?

— Mais parmi tant de livres, je ne vois rien de notre littérature moderne.

— Non, mon libraire m'a envoyé tout nouvellement quelques petits volumes de poésie nouvelle. Je les lui ai renvoyés, n'ayant pas l'avantage de comprendre tous les vers qu'on fait de nos jours.

— Ah ! c'est que le goût est tout-à-fait changé en littérature. Nous sommes tombés dans le moyen âge.

— Cela empêche-t-il ces messieurs d'écrire en français de notre temps ? Espèrent-ils changer la langue de Racine et de Boileau !

— La chose est déjà faite. Que parlez-vous de Racine, de Boileau, de Voltaire ?

Ce sont tous gens qui n'y entendaient rien.

— Nous sommes donc arrivés à une complète barbarie. Ah ! si toutes les lois de la raison sont violées en littérature, cela pourra mener loin. Dès qu'on éteint les réverbères sous prétexte qu'ils n'éclairent pas assez, les fripons ont beau jeu. Vous verrez où vos extravagances vous conduiront. Le mauvais goût, l'immoralité, la dépravation dans les lettres entraînent la perte des arts et des mœurs. S'il n'y a plus de frein sur un point, il n'en existera bientôt plus sur un autre. Tout se tient dans le monde, et la raison une fois méprisée, on tombe dans la décadence, de la décadence dans l'anarchie et la guerre civile. — Eh bien ! soit ; puisque vos Français sont si avides de sensations et de malheurs, qu'ils s'en donnent à cœur joie, ce n'est pas moi qui m'opposerai à leur folie.

— Oh ! vous voyez les choses bien en

noir. Je conviens que si certains ouvrages de nos jours ont pu trouver des admirateurs, on doit croire à la décadence; mais c'est moins le goût du public que l'intrigue de certains hommes qui a pu porter les Français à ce dévergondage littéraire. Un temps viendra qui mettra tous ces effrontés novateurs à leur place. — Mais vous ne recevez donc pas de journal? un seul vous mettrait au courant de nos nouvelles doctrines littéraires, et des moyens qu'on emploie pour les répandre.

— Moi, recevoir un journal! je m'en garderai bien. Je sais tous les chagrins qu'ils m'ont causés. — Et moi aussi j'ai cultivé les lettres autrefois, et je sais comment se font les réputations. Malheur à l'auteur qui n'a pas pour ami un journaliste.

— Eh bien! nous disons aujourd'hui malheur à l'auteur qui n'a ni argent ni intrigue.

— Vous êtes plus forts que de mon temps.

Et en politique vos journaux peuvent-ils comme autrefois insulter, calomnier ?

— Oh ! pour cela on ne les gêne pas, et même personne ne s'en fâche.

— Comment ! ils peuvent, comme on l'a fait pour moi, disposer de l'honneur et de la vie d'un honnête homme ?

— Oh ! cela ne va pas jusqu'à la vie. Quant à l'honneur, il paraît que de nos jours on y tient très-peu ; car je ne vois personne se fâcher contre les calomniateurs.

— Mais enfin que sont donc vos journalistes ?

— Mais parmi eux je connais de très-braves gens, de véritables hommes de lettres, des publicistes instruits, qui dans les journaux estimés discutent avec méthode et politesse les plus grandes questions politiques.

— Eh bien ! de mon temps un journaliste était un homme qui, n'ayant pu trouver

une existence dans le fruit de son travail,
se faisait, à tant la page, l'organe d'un parti,
et flétrissait, selon qu'il en recevait l'ordre
de ses chefs, l'honnête homme ou le député
que l'on voulait conduire à l'échafaud.

— Oh! nous avons aussi de ces gens-là;
mais le bon sens public en fait justice.

— Ah ! parbleu, je vous conseille de
compter sur le public. Il accueillera toujours les sottises et les calomnies qu'on lui
répétera constamment, et il finira par y
croire, parce que le public de sa nature est
envieux de tout pouvoir, et qu'il croit plutôt le mal que le bien. Mais revenons à votre
littérature. Est-ce que les *La Harpe* , les
Marmontel n'ont point eu de successeurs?
est-ce qu'il n'existe plus en France d'hommes de goût, de régulateurs de vos folles
imaginations ?

— Au contraire, plus un homme extra-
vague aujourd'hui, plus il trouve d'admi-

rateurs dans sa coterie. Il est tel poète que je connais qui, par un véritable talent, pouvait arriver à se faire une réputation méritée, et qui grâces aux flatteurs dont il s'environne, tombe au-dessous de Ronsard qu'il se plaît du reste à imiter. Et cependant il se dit créateur.

— Pauvre littérature ! si ces auteurs-là (en montrant ses livres) qu'on ose mépriser maintenant, ont fait le bonheur de ma jeunesse, les modernes au moins n'attristeront pas ma vieillesse. Je ne les lirai point.

— Je le conçois. Qui s'occupe maintenant de la littérature de nos jours ? Elle n'est plus un besoin pour la nation ; la politique absorbe tout.

— Et si votre politique, comme les lettres, a ses novateurs imprudents et ses rêveurs ambitieux, elle vous conduira à votre perte. Le corps social se dissoudra, tous les hommes seront malheureux, et moi je rirai de vos sottises.

Comme je voyais qu'il s'animait, je craignis qu'un accès de sa maladie que je pourrais appeler épileptique, ne le reprît encore. Pour changer ses idées je m'approchai de l'échiquier ; et par un sourire je l'y appelai. Son visage redevint calme, et je vis même qu'il me savait gré de cette attention. Nous jouâmes aux échecs jusqu'au moment où l'on vint nous avertir que le dîner était servi.

Je ne ferai aucun détail du repas. Il me suffira de dire que M. Dubocage en fit les honneurs avec une manière tout aimable. Sa conversation animée et variée avait quelque chose de séduisant. Je me gardai bien de lui parler de femmes et de politique ; mais, en ma qualité d'ancien voyageur, je lui fis faire avec moi un tour dans l'intérieur de l'Amérique. Lui, m'eut bientôt ramené en

Suisse et en Italie où il me décrivit, avec
un enthousiasme qui tenait un peu de son
caractère breton, les monuments de l'antiquité ou les grands accidents de la nature.
Nous restâmes deux heures à table, qui ne
me parurent qu'un instant. Après avoir pris
le café et fait quelques tours dans son jardin je me disposai à le quitter. Au moment
où je le saluais il me dit d'un air aimable :
Je n'ai point oublié la promesse que vous
m'avez faite; et demain je vous en ferai
souvenir bien mieux en vous envoyant par
mon valet de chambre un portefeuille rempli de papiers avec une note explicative de
ma main. Je l'assurai que j'acquitterais ma
promesse, et que je remplirais mon emploi
avec tout l'intérêt... Il m'interrompit en me
disant : Oh! pas de compliments; adieu,
voisin.

Je pris en effet connaissance de ses affaires, et les relations nouvelles qu'elles

établirent entre nous me rendirent encore sa société plus chère. Il y avait toujours quelque chose d'amer dans sa conversation lorsque nous parlions d'un événement qui pouvait avoir du rapport avec ses malheurs passés; mais lorsqu'elle roulait sur des objets de son goût, il montrait la gaieté et la candeur d'un enfant.

Dans le nombre des lettres qui étaient relatives aux affaires, son intendant m'en fit passer une du neveu de M. Dubocage, dont il était le tuteur; ce jeune homme était majeur, et même depuis quelques années il était en possession de son bien. Son oncle, par une suite de son caractère ou par des raisons que j'ignore, lui avait défendu de venir le voir. Cependant ce jeune homme, unique héritier de M. Dubocage, s'étant épris d'une jeune personne de son pays, écrivit à ce sujet à son oncle pour obtenir son consentement. La lettre était pressante. Il se montrait fort amoureux. Il avouait que la jeune demoiselle était fort pauvre; puis en citant ses aimables qualités, il cherchait à prouver que ce mariage était convenable. Je savais bien que M. Dubocage était de tous les hommes le moins intéressé; mais je craignais que la lecture de cette lettre ne rappelât au malheureux oncle tous les malheurs qui sont attachés à l'hymen, malheurs dont il avait été si cruellement victime. Pourtant, après y avoir bien réfléchi, je crus de mon devoir de lui communiquer cette lettre, et même d'appuyer la demande du jeune Ernest, car les amours des jeunes gens m'ont toujours intéressé. Un jour donc que mon misantrope me semblait d'assez belle humeur, j'en vins tout franchement à lui dire que son neveu, à qui sa majorité donnait le droit de se choisir une femme, lui écrivait qu'il ne voulait point se marier sans avoir obtenu son consentement.

— Ce fou veut se marier, me dit-il brusquement, et il me demande mon consentement, à moi?

— C'est une chose toute naturelle, répondis-je, qu'un jeune homme se cherche une compagne.

— Il veut donc être trompé, bafoué, le sot!

Je voyais avec chagrin son front se rembrunir. Cependant tout à coup il reprit un air serein en me disant : — « Donnez-moi cette lettre, c'est moi qui lui répondrai ; et si, après que je lui aurai écrit, il veut encore tâter du mariage, il en sera bien le maître. » — Je lui remis la lettre, et nous parlâmes d'autre chose.

Je ne m'occupai plus de cette affaire, et j'annonçai seulement à l'intendant breton que M. Dubocage répondrait à son neveu.

Quelques années se passèrent sans que le temps eût apporté des changements à la manière de vivre de M. Dubocage. Je le voyais régulièrement deux fois par semaine. La table, les échecs, la promenade dans ses jardins étaient pour nous des plaisirs qui se renouvelaient à jour fixe. Son caractère était toujours le même ; et je crois bien que, si je n'avais pas mis beaucoup d'adresse et de prudence dans les sujets de nos conversations, je lui aurais fait éprouver encore l'une de ces crises dont j'avais été le témoin : car telle était toujours sa haine contre les hommes que, tout en m'accueillant très-bien, il me faisait entendre que je ne valais pas mieux qu'un autre. Il me dit même un jour : — Si vous n'étiez pas célibataire, et si je ne savais pas que votre fortune vous rend indépendant de tout le monde, je croirais que vous ne me montrez de l'amitié que dans l'espoir d'avoir ma succession.

— Je vous plains d'avoir si mauvaise opinion des hommes.

— Est-ce ma faute ? pourquoi sont-ils tous faux et ingrats?

— Cependant l'histoire nous a prouvé qu'il a existé de vrais amis.

— L'histoire ne prouve rien. L'histoire prouve au contraire que ce monde n'est composé que d'hommes vils que l'intérêt porte à commettre tous les crimes. Vous parlez d'amis ; regardez-y de près : vous verrez que l'un sera toujours dans la dépendance de l'autre. Si, d'une part, il y a du dévouement, cette générosité tient plus à l'orgueil qu'à l'amitié.

Je ne voulus pas discuter avec lui davantage sur ce sujet, me rappelant à propos son duel en Bretagne. Contre ma prudence

5

ordinaire, j'avais soutenu une conversation qui pouvait renouveler l'accident qui
m'avait tant effrayé; mais heureusement
je l'eus bientôt fait changer de direction.

Nous nous occupions rarement de politique; cependant il était difficile que, le
voyant aussi fréquemment, je ne le misse
pas au courant des nouvelles du jour. Tout
en revenant au temps de 93 et aux persécu-
tions auxquelles il s'était soustrait par la
force de son caractère; tout en maudissant
les républicains et les napoléonistes, on
voyait qu'il n'était point insensible aux
malheurs de sa patrie. Il détestait Bonaparte comme un usurpateur qui avait
anéanti la liberté, mais il aimait l'esprit
guerrier des Français; et, tout en accusant
l'empereur de dépenser autant *de chair à
canon*, cet ennemi de Bonaparte équi-
pait tous les ans une vingtaine d'hommes,
qu'il envoyait rejoindre les armées. Il trou-

vait, disait-il, du plaisir à diminuer l'espèce humaine.

La double invasion de l'étranger fut vivement sentie par lui; il prit en mépris le
sénat et les généraux qui avaient fait la ca-
pitulation de Paris. Il eût trouvé très-beau,
comme il me l'a raconté depuis, qu'on se
fût battu dans les rues, dût-il y perdre
ses fleurs. — La mairie, sachant qu'il était
très-riche, donna pour logement son hôtel
à un nombreux état-major russe. — « Eh
bien, soit! dit-il, en les voyant arriver; je
les ferai tous crever d'une manière ou
d'une autre. » Avant de se retirer dans
une petite cachette pratiquée chez son
jardinier, il fit venir son valet de chambre
et lui recommanda bien de ne pas épargner la dépense. Il voulut qu'on servît
tous les jours sur sa table les ragoûts les
plus épicés, les mets les plus lourds, les
vins les plus échauffants, les liqueurs les

5.

plus fortes, afin de les empoisonner d'une façon honnête. Les officiers, se voyant si bien servis, et s'embarrassant fort peu du maître, respectèrent sa maison et ses jardins. Quant à sa manière d'empoisonner les gens, je ne sais pas si elle lui réussit; mais je n'ai pas entendu dire qu'il fût résulté de grands malheurs de la tentative de son crime.

Je savais tous ces détails de son valet de chambre qui, tout en aimant beaucoup son maître, ne pouvait s'empêcher de rire des traits plaisants que lui offrait son originalité chagrine.

Comme je crois l'avoir dit plus haut, les événements politiques devenaient si importants, qu'il me devint impossible de m'en taire avec M. Dubocage. J'en vins peu à peu à lui parler de la position de Charles X, du projet qu'il avait de détruire le contrat qui le liait à la nation.

A l'annonce des troubles que j'entre-
voyais déjà, il se frottait les mains de joie.
— « Tant mieux ! s'écriait-il ; il y aura une
lutte entre le peuple et le roi, et le peuple
triomphera, parce qu'en résultat, quand
il a raison, il est toujours le plus fort. Il
y aura émeute, bataille, révolution. Oh !
que la chose sera amusante pour moi ! car
enfin, il faut bien que chacun ait sa part
des révolutions : n'ai-je donc pas eu la
mienne ? à votre tour, mes chers enfants. »

Ses prédictions ne furent point trom-
pées. Je vins lui annoncer qu'on se battait ;
et en effet, il entendit bientôt le canon.
Tout en feignant de se réjouir, sa figure
était altérée ; malgré lui, ces mots sortaient
de sa bouche : — « Que de victimes ! Le
malheureux qui est la cause de tout cela en
répondra devant Dieu ; et cependant c'est
un dévot ! » — Puis, s'apercevant tout à
coup qu'il se laissait aller à la pitié, il re-

prenait avec un air enjoué : — « Mais, au fait, il n'y a point de mal à tout cela ; les hommes sont nés pour se détruire : moins il y aura d'hommes, moins il y aura de méchants. Non, non, battez-vous, mes enfants, vous serez bien mieux dans l'autre monde que dans celui-ci. »

Je lui aurais ri au nez de voir toutes les grimaces qu'il faisait, et surtout de ses réflexions, si je n'avais pas eu le cœur oppressé de la canonnade que j'entendais et de la crainte que le combat ne se terminât pas en faveur de la cause libérale. Je le quittai afin, lui dis-je, de lui apporter des nouvelles sur tout ce qui se passait dans Paris.

Je me dirigeai avec beaucoup de peine vers les amis que j'avais dans le quartier du Palais-Royal. Je connus par eux tous les détails du premier engagement ; mais tandis que nous en causions, le combat recommença avec tant de vigueur, que mes amis m'empêchèrent de quitter leur maison. Ne pouvant rejoindre ma demeure, j'attendis chez eux la fin d'un événement qui devait décider du sort de la France entière.

Aussitôt qu'il me fut possible de sortir, je me rendis chez mon misantrope, mais, avant de le voir, je causai un instant avec son valet de chambre. J'appris de lui que M. Dubocage avait passé les trois derniers jours dans l'agitation la plus extrême, que tout en disant qu'il n'y avait pas grand mal à diminuer l'espèce humaine, il lui remplissait les poches d'or, lui ordonnait de prendre tout le linge de la maison et de faire porter le tout à la mairie pour le secours des blessés.

Toujours plus étonné des contradictions d'un pareil caractère, j'entrai dans le cabinet de M. Dubocage.

— Ah! ah! dit-il, vous voilà. Le canon

a cessé depuis hier, savez-vous quelques détails sur ce qui se passe maintenant?

— Le peuple est partout vainqueur, l'ennemi est en fuite, dis-je d'un air triomphant.

— L'ennemi! des frères! des amis!... mais c'est égal. Poursuivez.

— Pas un royaliste n'est venu défendre son maître.

— C'est toujours la même chose : ces aimables messieurs se remontreront quand il y aura des faveurs à obtenir.

— Le peuple, dans ces trois journées, a été admirable.

— Oui, comme il l'est toujours! il aura égorgé et pillé.

— Il s'est battu avec un courage de lion, il a respecté toutes les propriétés et donné des secours à son ennemi vaincu.

— Bah! est-ce que, dans ce monde du diable, la raison aurait fait quelque progrès ? Et que veut-on faire maintenant ?

— On assure que l'on va conduire poliment Charles X en Angleterre, et le prier de s'y tenir tranquille.

— Il y a dans cette mesure de l'humanité et du savoir-vivre. Et quel sera le gouvernement?

— La chambre ancienne va prendre pour lieutenant-général le duc d'Orléans.

— Je l'ai connu quand il était jeune. Il promettait d'être un honnête homme.

— Et il a tenu parole.

— Ah! ah! vous commencez déjà à vous tourner du côté du soleil levant; mais peut-être un nuage vous le cachera bientôt.

— Tout le monde est d'avis de le choisir pour roi.

— Tant pis pour lui, puisque c'est un honnête homme.

— Il doit le sacrifice de son repos à la patrie.

—La patrie! la patrie! grand mot vide de
sens, et dont on abusera tous les jours à la
tribune. C'est au nom de la patrie qu'un
rêveur, appuyé sur sa logique, proposera de
renverser toutes les institutions afin de prouver qu'il est conséquent dans ses raisonnements. C'est au nom de la patrie que des
intrigants et des ambitieux, ayant des journaux à leur solde, formeront une opposition systématique par le seul désir de faire
sauter des ministres qu'ils veulent remplacer. — C'est au nom de la patrie qu'ils feront des émeutes et qu'ils feront descendre
les faubourgs Saint-Antoine et Saint-Mar-
ceau pour appuyer leur opposition. — Ne
sais-je pas comme, en politique, les affaires
se conduisent dans ce monde? Ne sais-je
pas que le plus honnête homme qui se
trouve à leur tête, devient, du moment qu'il
est au pouvoir, l'objet de toutes les calomnies? Sous la Constituante, ne m'a-t-on pas

assourdi des cris de vive Lafayette? Devenu
chef de la garde nationale, ne s'est-on pas
moqué de lui et de son cheval blanc? Plus
tard, n'a-t-il pas été forcé de tirer sur ce
bon peuple dont il était le patron? Plus
tard, n'a-t-il pas été obligé de passer à
l'étranger pour échapper à la mort? N'a-
vons-nous pas bientôt partagé son sort? Les
scélérats qui le persécutaient nous ont-ils
ménagés plus que lui? n'ont-ils pas assas-
siné mes amis? Ne m'ont-ils pas proscrit,
et, tout cela, ne s'est-il pas fait au nom de
la patrie? Allez, allez, les hommes sont
toujours les mêmes, l'expérience ne les
éclaire jamais; et je ne serais pas étonné
que, s'il se trouve encore dans l'opposition
des vieillards de mon temps, ils devinssent,
pour leur intérêt personnel, aussi cruels,
aussi persécuteurs que les hommes de sang
dont ils ont pensé devenir les victimes. —
Mais, en voilà assez pour aujourd'hui. Qu'ils

s'arrangent comme ils le voudront, ce ne sont plus mes affaires; et, pouvu qu'ils me laissent en paix cultiver mon jardin, je crierai, pour leur être agréable, vive le Roi, vive la République, vive le Diable!

Après cette sortie, qui l'avait animé plus qu'à l'ordinaire, il me quitta pour entrer dans ses serres. Comme chaque jour qui s'écoulait amenait un nouvel événement, je l'en instruisais discrètement. Peu de temps après ma dernière conversation politique, je ne pus lui cacher qu'il s'était formé deux partis parmi les patriotes qui se menaçaient avec une égale fureur. J'ajoutai que le parti extrême reprochait à l'autre d'être furieux de modération; comme si, dans aucune circonstance, la modération pouvait être un crime. — Aux nouvelles que je lui rapportais sur la situation de la Chambre, il souriait, avec amertume, en me disant: « Cela va bien, très-bien. C'est ainsi que cela a commencé en 91. — Ils feront les mêmes sottises que nous. Regardez bien dans les rangs de ces messieurs les députés, sondez le sentiment qui les fait parler. Voyez la peine qu'ils prennent pour embarrasser le ministère, pour l'empêcher d'agir. Estimez à leur juste valeur tous les moyens qu'ils emploient pour se faire des partisans, pour augmenter leur popularité à force d'intrigue et d'ambition.

— Et moi, dis-je, je ne compte plus que sur nos députés. Ils sauront maintenir leur ouvrage, et pour peu que nous ayons un ministère juste et ferme....

— Oui, pour peu que vous trouviez des hommes assez courageux pour supporter tous les effets de la haine et de l'envie, assez calmes pour n'employer jamais que le langage de la raison contre les arguments inspirés par le désir de faire du mal, et revêtus d'un faux clinquant de patriotisme...

Quand vous me trouverez, dis-je, de tels ministres, vous pourrez entrevoir quelque sûreté pour vos biens et pour vos personnes.

— Moi, je ne crains rien. La Chambre ne se laissera point entraîner.

—-Votre Chambre doit ressembler à toutes les autres. Elle se compose, comme toutes celles que j'ai vues, d'ambitieux, d'intrigants et de niais. Les niais, que vous appelez honnêtes gens, sont ceux qui sont toujours de l'avis du dernier qui a parlé, pourvu qu'il ait employé, dans son discours, les mots magiques de peuple et de liberté. Oui, sans doute, ce sont tous ces honnêtes gens (si tant est qu'il y ait des honnêtes gens) qui ont le malheur d'être poltrons, et qui n'empêcheront point de brûler la maison de leur voisin, pourvu qu'on leur promette de ne point brûler la leur. Tous vos ambitieux, forts de leur talent et du bel avenir qui se montre pour eux, auront bientôt un grand nombre de clients. Les clients pousseront à la roue pour renverser le char des institutions. Les niais les y aideront, parce qu'on leur dira que le char ne marche pas assez vite; de là, il y aura conflit, injures. Les journaux de leur parti mentiront et calomnieront. On organisera des émeutes; le gouvernement, pour avoir exécuté les lois en les réprimant, sera jugé coupable, parce qu'au nom du peuple on doit toujours laisser agir les méchants. On saisira des perturbateurs; les juges, en prononçant un juste arrêt, seront insultés sur leurs siéges, le jury aura peur, les criminels seront acquittés, la fermentation augmentera, toute industrie cessera, le peuple, qui sera malheureux, s'en prendra à tout le monde; on se battra, on s'égorgera en France et dans l'univers entier, jusqu'à ce qu'un grand sabre apparaisse pour vous mettre à la raison et vous priver de tous vos droits et de votre liberté. Oui, c'est ainsi que cela se passera, je vous le prédis d'avance. Ce n'est pas tout d'être vaincus, vous deviendrez méprisables ; car vous irez bassement courber vos têtes sous le fer d'un despote, et même le flatter, comme cela s'est vu toujours, pour obtenir des droits à sa faveur. Ah ! puissé-je vivre assez pour arriver à cette époque, et me moquer des sots et des imprudents, que le temps et la raison ne peuvent jamais éclairer. »

Je le quittai d'assez mauvaise humeur de cette perspective de malheurs qu'il me faisait entrevoir. Il m'était assez difficile de lui répondre, car il avait pour lui l'expérience du passé, et les événements présents n'étaient pas propres à me rassurer. Cet homme chagrin m'avait tellement ému par la couleur sombre sous laquelle il voyait les objets, que, le lendemain matin, je pensais encore au sujet de notre conversation.

J'étais plongé dans de tristes réflexions quand mon domestique vint m'annoncer qu'une jeune dame demandait à me parler. Tout retiré du monde que je sois, le mot *dame* vibre encore doucement à mon oreille. Je supposai d'abord que ce pouvait être quelque ancienne connaissance que j'avais faite dans les pays étrangers. Puis, comme par distraction, je demandai si elle était jolie? « Mais, dit mon Joseph en souriant, la dame ne me paraît pas trop mal. » A ce mot, je répondis avec un certain abandon qui augmenta son sourire: « Eh bien! faites entrer. »

J'oubliai que je n'étais point passé dans mon cabinet; il introduisit donc la jeune dame dans ma chambre à coucher. Je ne vis pas sans une émotion de plaisir cette jolie femme aux cheveux blonds et à l'œil noir. Son visage était ovale, son nez légèrement retroussé, et deux sourcils noirs bien arqués donnaient à toute sa physionomie une vivacité spirituelle sans être malicieuse. Sa taille, moyenne mais bien prise, était tout à fait gracieuse; sa bouche, un peu grande, laissait voir des dents admirables, et je ne sais quel mouvement dans tous ses traits vous faisait connaître d'avance l'impression que vous lui faisiez éprouver ou la pensée qu'elle voulait exprimer. Après les compliments d'usage, et après m'avoir demandé pardon du motif qui la forçait à me déranger, elle prit le siége que je lui indiquai, siége qui n'était pas très-éloigné du mien.

« — Je n'aurais pas pris la liberté de me présenter ici, me dit-elle, si Gustave Béranger, ami d'Ernest, neveu de votre voisin M. Dubocage....

— Quoi! m'écriai-je, c'est de la part de Gustave que vous venez, de ce jeune homme aimable que je connais beaucoup, et il est l'ami du jeune Beaumanoir? Oh! je me trouve en pays de connaissance, parlez, parlez, Madame. Que puis-je faire pour vous? » Et, en disant cela, je rapprochai encore un peu mon fauteuil du sien.

« — Par votre bon accueil, vous me prouvez, Monsieur, que Gustave avait raison quand il m'a dit, dans sa lettre, que je n'aurais qu'à me louer de ma confiance en vous; que je pouvais, en toute sûreté, vous révéler mes chagrins. — Ils sont bien grands, Monsieur; ah! je ne puis y songer sans que des larmes... peut-être y a-t-il de ma faute, sans doute on me blâmera, et, cependant, je vous assure que je suis bien moins coupable que je ne le parais. »

Je m'empressai de la calmer. Je lui pris la main, et je lui dis, d'un ton tout à fait paternel, que, s'il dépendait de moi d'adoucir ses peines, je m'y emploierais de tout

6.

mon pouvoir. Mais, revenant à l'entretien, je lui demandai malicieusement d'où elle connaissait Gustave Béranger.—Mais, c'est mon compatriote, me répondit-elle, et depuis bien longtemps il me montre de l'estime.

A ce mot d'estime, je souris finement. —Vous êtes donc née aussi en Bretagne? — Eh! sans doute, je suis de la même ville que vous. J'ai beaucoup connu vos petites nièces; vous savez bien, les filles du notaire. Il y en a une qui est assez jolie; mais elle est coquette, coquette...

Dans ce moment, nous fûmes interrompus par mon domestique, qui m'annonça que mon déjeuner m'attendait... A cette annonce, elle voulut sortir; mais je l'arrêtai en lui disant que, ne sachant encore rien du motif qui me procurait l'honneur de sa visite, il fallait ou qu'elle m'attendît un quart d'heure, ou qu'elle acceptât mon déjeuner.

« — En effet, répondit-elle en souriant,
pourquoi n'accepterais - je pas? vous êtes
mon compatriote, vous avez peut-être été
l'ami de mon grand-père, et je serai, pour
le moins, tout aussi bien placée dans votre
salle à manger que dans votre chambre à...

— Moi, l'ami de votre grand-père? m'é-
criai-je d'un ton un peu piqué.

— Et pourquoi pas? Je n'ai pas vingt
ans, et vous avez bien la soixantaine. —
Allons, ne faites pas la moue. Est-ce que
dans le Marais on tient à être jeune ?

— Mais, Madame, dans le Marais... (J'é-
tais un peu en colère).

— Eh bien! vous allez vous fâcher parce
que je dis qu'on est vieux dans votre Marais... C'est pourtant la vérité. C'est la première fois que je viens dans votre quartier, et
vraiment je n'y ai rencontré que de vieilles
figures.—Hé bien, vous faites toujours la grimace. Ce que je vous dis là vous fâche encore,

je crois.... Vous me trouvez peut-être bien folle?... En effet, je ne sais pas pourquoi j'ose plaisanter avec vous; car, enfin, je suis bien loin d'avoir des motifs de gaîté, personne plus que moi n'est malheureuse. Ah! M. Dulongbois, vous êtes un excellent homme, Gustave me l'a dit. N'est-il pas vrai que vous serez mon protecteur, mon ami? (Et, tout en disant cela, ses yeux se mouillaient de pleurs.) Non, je ne vous cacherai rien, je vous conterai toutes mes aventures, toutes mes peines, oui, tout.... mais, après déjeuner... » Ce mot me rendit à moi-même, j'avais complètement oublié le déjeuner pour ne songer qu'à celle qui devait le partager. Je lui donnai la main, et nous passâmes dans la salle à manger.

En se mettant à table, la jeune dame, car on notera que je ne sais point encore son nom, me fit un compliment sur l'élégance de mon petit couvert. « Comment

donc, disait-elle en admirant mes cristaux
et ma porcelaine, c'est charmant! A la
Chaussée-d'Antin, on n'aurait pas meilleur
goût. Je gage que vous avez été dans votre
temps un petit-maître, ce que nous appe-
lons maintenant *fashionable*, que vous
avez porté des habits de taffetas, que vous
avez été frisé à l'oiseau royal et poudré aux
frimas. —Que, de votre temps, on devait
être ridicule!

— Dans mon temps! dans mon temps!
disais-je tout bas.

— Eh bien! je vous entends grommeler
encore... Je vois bien que vous êtes fâché
contre moi. Pourquoi donc avez-vous des
prétentions à la jeunesse? C'est parce que
vous êtes encore garçon, je le vois bien.
Dans dix ans, moi, je sais aussi que je serai presque une vieille femme, qu'y faire?
J'en suis toute consolée d'avance. Avec mes
quinze cents livres de rente viagère, j'irai

vivre dans la province, on dira que je fais
encore la belle; on se moquera de moi, et
moi, je me moquerai de tout le monde. »

Tout notre déjeuner se passa ainsi dans
un entretien frivole, et qui, cependant, devenait quelquefois assez piquant. Sa manière originale d'exprimer sa pensée, son
habitude de dire tout ce qui lui passait par
la tête, les petits accès d'attendrissement
qui lui prenaient tout à coup quand elle
songeait à sa situation pénible, que je ne
connaissais pas encore; tout cela répandait
dans sa conversation une bizarrerie, et pro-
duisait sur moi une variété de sensations
qui n'était pas sans quelque charme. J'avais
beau me demander : Mais, que me veut cette
jeune femme, quels sont les malheurs qu'elle
a pu éprouver? Si j'en crois ses larmes, ils
sont bien grands; et si j'en crois ses éclats
de rire, il lui sera facile de les supporter.
Est-ce une coquette? Est-ce une folle? peut-

être tous les deux. C'est sans doute une de ces femmes qui, sachant que je suis célibataire, veut.... Mais non, car, pour séduire un vieillard, on ne lui dit pas qu'il est vieux; en vérité, je m'y perds. — Tout en faisant ces réflexions et tout en ayant l'air d'écouter ce qu'elle me disait (car vous noterez qu'elle ne cessait pas de parler), le déjeuner finit, et nous passâmes cette fois dans mon cabinet, dont je fis fermer la porte aux étrangers par décence et par discrétion.

« Je puis enfin savoir, Madame, le motif qui m'a procuré une si agréable entrevue ?... Vous baissez les yeux; d'où naît cet embarras ?

— Je dois l'avouer, d'un sentiment de crainte, j'oserai dire de honte.

— Courage! Je suis indulgent; et l'ami de votre grand-père, dis-je d'un ton d'épigramme, ne peut que vous être favorable.

—Je le crois. Aussi ne vous dissimule-
rai-je point la cause de l'embarras que
j'éprouve. —Oui, j'ai commis une grande
faute ; mais, ma grande jeunesse, mon inexpérience doivent la diminuer à vos yeux.
Vous allez entendre l'histoire de ma vie,
j'entrerai dans les plus petits détails.... Ces
détails me sont nécessaires, ils peuvent servir à m'excuser ; car vous avez trop d'expérience, Monsieur, pour ne pas savoir que
nous dépendons des circonstances, que nous
leur devons nos vices et nos vertus, et
qu'une femme, bien plus que votre sexe
encore, peut en être victime. Si le ciel m'eût
conservé mes parents, si j'avais eu près de
moi une mère, ou même une amie qui eût
pu m'éclairer sur les dangers du monde, je
ne me trouverais point en ce moment dans
une situation humiliante et presque dégra-
dée à mes propres yeux. Que je suis malheureuse ! » Après ces réflexions bien mo-

rales, elle fondit en larmes ; mais elles m'attendrirent beaucoup moins, convaincu que j'étais que le premier mot plaisant qui lui viendrait à la bouche leur ferait succéder quelque bon éclat de rire. — Peut-être aussi le titre d'ami de son grand-père, que je ne pouvais pas digérer, avait, sans que je m'en doutasse, un tant soit peu refroidi mon intérêt pour cette belle affligée. Cependant, je m'empressai de la calmer, et j'y parvins si promptement, qu'elle fut la première à me dire : « C'est assez de chagrins. Comme une héroïne de roman, ne perdons pas le temps à me plaindre de la destinée, et racontons le moins tristement possible ma véritable et déplorable histoire. »

HISTOIRE

DE

LA JEUNE BRETONNE.

Vous savez déjà, Monsieur, que je suis

ñée à Quimperlé, ville superbe du département du Finistère. Comme il y a long-
temps que vous avez quitté votre pays,
peut-être ne vous rappelez-vous pas la situation enchanteresse de notre ville. Vous
ne devez pourtant pas avoir oublié que la
seule rue que possède notre endroit est
ceinte des rivières d'*Ellé* et d'*Isol,* dont
les eaux transparentes et rapides se réunissent à l'entrée de la ville et forment le *Laïta*
qui roule ses eaux à la mer, entre deux
coteaux escarpés, couverts de magnifiques
forêts. — C'était sur la rivière d'Isol que
ma famille habitait. Si le patrimoine de
mon père était peu considérable, il possédait en revanche toutes les vertus d'un gentilhomme. Il recevait ses amis d'une façon
splendide et leur faisait boire sa fortune
avec une générosité que tous savaient apprécier en l'aidant à consommer sa ruine.
Ce qui portait mon père à ces grandes dé-

penses, tenait moins à son goût pour le plaisir qu'à la vanité de faire le gentil-homme. Mon grand-père, après avoir possédé je ne sais quelle place à la cour de Louis XVI, qui l'avait anobli, crut devoir se faire appeler M. de Pontriant....

—Pontriant! m'écriai-je; mais, en effet, j'ai connu votre grand-père. Il était bien plus vieux que moi; mais je n'ai jamais entendu dire qu'il fût noble.

—Mais aussi était-il le seul qui le disait. Son fils agit plus mal encore, il voulut le paraître, et c'est ce qui fut cause de sa ruine et bientôt de sa mort. Je restai seule au monde, avec une rente viagère de quinze cents francs que mon père me constitua des derniers débris de sa fortune...

—Continuez, ma chère enfant, lui dis-je en lui prenant la main par un tendre mouvement d'amitié, vous n'êtes plus une étrangère pour moi, et les plus petits détails de

votre vie ne peuvent que m'intéresser beaucoup.

—Oh! que vos yeux devaient être expressifs quand vous étiez jeune, dit-elle en affectant une petite mine coquette, car ils
ont encore une vivacité.... Mais je reviens à
mon histoire.

Je me trouvai donc orpheline et sans
fortune à l'âge de seize ans, et n'ayant encore lu, pour mon instruction, que le Journal des Modes. Aussi je faisais mes chapeaux à ravir, et lorsque les jours de fête,
qui sont très-nombreux en Bretagne, je me
rendais à l'église, j'étais certaine de faire
sensation dans notre grande rue, et d'avoir
pour ennemies toutes mes jeunes amies. C'est
un genre de triomphe que nous connaissons
toutes, nous autres femmes, et dont nous
savons jouir avec délices. —Je n'ai pas besoin de vous dire qu'à la mort de mon père,
tous ses amis, dès qu'ils eurent vidé les

caves et dûment enterré leur propriétaire, s'éloignèrent de la maison comme d'un lieu pestiféré. Aucun d'eux ne songea à la pauvre orpheline. N'étant point majeure et n'ayant point de parents à Quimperlé, la loi me nomma un curateur, qui me plaça chez une vieille dame, très-bonne, très-indulgente, mais très-pauvre, et qui voulut bien me recevoir par spéculation. Il faut vous dire, mon bon vieil ami (elle me donna ce titre de vieil ami avec un si aimable abandon, que je ne pus m'empêcher de sourire de plaisir), que les jeunes gens sont si rares dans les petites villes de la Basse-Bretagne que, lorsqu'il en paraît quelques-uns par hasard, leur arrivée met toute la ville en révolution. Cette disette d'hommes, qui désole toutes les côtes de notre patrie, se fait sentir de plus en plus, et si le gouvernement, dans sa sagesse, ne forme pas dans ce pays-là une colonie de jeunes gens, je ne

sais pas, vraiment, ce que deviendront,
dans ma ville, soixante jolies personnes qui
restent encore à marier. —Vous concevez
facilement le motif de cette disette. Tous
nos jeunes gens vont faire leurs études dans
la capitale, se font militaires, marins, ou
épousent hors de leur pays des demoiselles
plus riches que nous; et comme le Finistère, ainsi que le dit son nom, est le bout
du monde, personne ne vient au bout du
monde pour nous épouser. Comme la fleur
du désert, notre beauté se flétrit sans être
même aperçue du voyageur qui passe, ou
plutôt qui ne passe pas.

— Mon Dieu, dis-je en riant, voilà une
pensée toute poétique!

—Oh! Monsieur, que cela ne vous étonne
pas. Si je ne prends pas la peine de faire
des vers, j'inspire au moins les poètes. Telle
que vous me voyez, j'ai été la muse d'un
classique et d'un romantique. Oh! que les

vers du romantique m'ont touchée! Il m'a
chantée au moment où j'avais un gros
rhume; concevez-vous rien de plus aimable, de plus intéressant? — Le classique,
mon premier amant, m'avait peinte avec
tous les charmes de Vénus, de Diane, de
Minerve, de l'Aurore; mais comme je ne
connaissais pas beaucoup toutes ces dames,
ses vers firent sur moi peu d'impression.
Ceux du romantique, au contraire, peignaient si bien ma situation malade, l'état
de ma poitrine, que je ne pouvais qu'applaudir à la vérité de son pinceau. Et cependant l'auteur n'était point content de
son travail, il se trouvait trop au-dessous
d'un poète dont il idolâtrait le talent, et
que, dans cette circonstance, il avait voulu
imiter. Ce grand poète adressait aussi des
vers à sa muse....

Aimez-vous les vers, Monsieur?

7

— Beaucoup, Madame, quand ils sont bons.

— Ah! tant mieux. La poésie moderne se lie tellement à l'histoire de ma vie que j'aurais craint de vous ennuyer en vous la racontant.

— Commencez donc, Madame, par me dire les beaux vers du poète dont votre jeune romantique s'est montré l'imitateur.

— Vous croyez rire, Monsieur; mais le grand poète dont je vais vous réciter les vers, a foudroyé par la sublimité de ses pensées tous les grands hommes passés et présents... Écoutez bien.... Je ne me rappelle pas le commencement de ce petit poëme; mais voici comme en peu de vers il fait le portrait de sa muse:

> Elle file, elle coud et garde à la maison
> Un père vieux, aveugle et privé de raison.
> Si, pour chasser de lui la terreur délirante,

Elle chante parfois, une toux déchirante
La prend dans sa chanson, pousse, en sifflant, un cri,
Et lance les graviers de son poumon meurtri.

— Assez, Madame, de grâce! Ces vers
sont admirables sans doute; mais vous sentez qu'immédiatement après le déjeuner...

— N'est-ce pas la vérité, la nature?

— J'en conviens; mais convenez aussi
que la muse du grand homme, au moment
où il nous décrit sa maladie, était dans un
pitoyable état, et que, selon toute apparence, maintenant elle doit être morte....
Vous aussi, vous êtes une muse, mais une
muse bien vivante (je lui dis ce mot avec
un peu de malice), et je ne doute pas que,
dans votre histoire, je ne retrouve les
amants classiques ou romantiques qui vous
ont chantée.

— Oh! certainement, Monsieur, vous
les y trouverez. Ce sont eux qui ont causé
tout à la fois mon bonheur et ma perte...

7.

Je ne puis penser à cela sans éprouver encore à ce doux souvenir une palpitation.... Où en étais-je donc de mon histoire? Ah!... comme je vous l'ai dit, après la mort de mon père, je venais d'entrer chez une vieille dame, plus jalouse de toucher mes quinze cents francs que de surveiller ma conduite : aussi avais-je chez elle la liberté d'aller seule à la messe; et j'y manquais rarement, parce que j'étais sûre d'y rencontrer Gustave Béranger.

— Oui, dis-je, celui qui vous adresse à moi ; je vous en fais compliment. Ce jeune homme a une excellente conduite; il s'est déja distingué dans les lettres, ce qui lui a fait obtenir une place honorable.
— Je ne reçois pas encore vos compliments. Je conviens cependant que Gustave est un jeune homme charmant : c'est un joli blond, toujours mis simplement, trop sim-

plement, très-poli, ce qui n'est plus de mode.
Il pourrait porter une jolie petite barbe à
la Torquato ; mais il prétend qu'en se faisant une figure du vieux temps, on vise
à l'originalité ; enfin il parle toujours raison , ce qui le rend quelquefois bien ennuyeux. Vous en aurez la preuve dans le
courant de mon histoire.

(Je riais tout bas du portrait qu'elle venait de faire de Gustave , et chaque trait
de pinceau servait à me faire connaître le
caractère léger de cette jolie folle, lorsqu'elle reprit en ces mots :)

— Je voyais donc souvent Gustave à la
messe. Il y avait déja quelque temps qu'il
habitait Quimperlé , où il était venu pour
voir son père, et le distraire des souffrances que lui causait la goutte : car c'est une
justice à rendre à Gustave, c'est un excellent fils ; il m'en a donné plus d'une preuve
en manquant à nos rendez-vous : au lieu

de venir le soir dans la maison où je devais
le rencontrer, il restait chez lui pour amuser son père en faisant sa partie. Eh bien !
malgré tous ses défauts, je l'aimais, ou je
croyais l'aimer... Cependant il était bien
original avec moi. Imaginez qu'il prétendait qu'à dix - sept ans que j'avais alors,
mon éducation n'était pas faite. Au lieu
de voir dans mes lettres le sentiment qui
les dictait, il s'amusait à relever mes fautes
d'orthographe. Dans nos rendez-vous, au
lieu de me dire que j'étais jolie, aimable,
il me donnait des notions d'histoire et de
géographie ; puis il en venait à des conseils de prudence, de conduite : il me disait que la réputation d'une femme était
comme la fleur de certains fruits, que
l'on ne doit pas toucher, de peur de les
ternir. Cependant au milieu de ces bons
conseils, il me jurait qu'il n'aurait jamais
d'autre femme que moi ; qu'il allait bien-

tôt finir son droit, et que, dès qu'il aurait
obtenu l'emploi qu'il désirait, il s'empres-
serait de venir m'épouser. Toutes ses paroles étaient aimables et bonnes ; mais il
me les disait d'une manière si raisonnable,
si respectueuse, qu'il finissait toujours
par me faire bâiller. Quand il ne pouvait
me voir, il m'écrivait des lettres de quatre
pages, dans lesquelles je trouvais de la
morale et de l'instruction, vraiment plus
que je n'en voulais. Enfin, je ne doute pas
qu'il n'eût fait de moi une femme très-
instruite, si un événement n'eût dérangé
mon cours d'histoire et de morale.

Un jeune homme de Quimper, avec lequel il avait fait ses études à Rennes, arriva
tout à coup dans notre ville. Gustave le
revit avec le plus grand plaisir, et se fit
un devoir de le présenter à toute la société
de Quimperlé. Ernest de Beaumanoir····

— Ernest de Beaumanoir ! je le connais

sans l'avoir jamais vu; c'est le neveu de
M. Dubocage, ce neveu qui, dernièrement,
a eu le projet de se marier....   .

— Oui, Monsieur, avec moi; et vous
saurez bientôt comme il s'y prit. Ce jeune
homme fut accueilli par les mamans de
nos demoiselles avec un intérêt tout particulier. On savait que, déja riche de dix
mille francs de rente, il était maître de son
bien et de sa personne; on savait de plus
qu'il avait à Paris un vieil oncle qui possédait une fortune immense, et dont il
était l'unique héritier. Vous concevez d'a-
vance l'effet que produisit cette nouvelle
parmi toutes nos jeunes personnes. Chacune d'elles fit venir, le plus secrètement
possible, des chapeaux et des parures de
Lorient. Le soir même de son arrivée,
il fut question de l'étranger au reversi des
jeunes demoiselles : là, c'était à qui de nous
déguiserait le mieux sa façon de penser :

toutes le trouvaient ridicule ; elles ne concevaient pas qu'un jeune homme qui, elles
en convenaient, n'était pas trop mal, pût
se donner la physionomie d'un bouc en laissant croître sa barbe ; d'autres trouvaient
qu'il avait l'air d'un juif qui voulait se faire
passer pour chrétien, et toutes s'accor-
daient à dire que M. Gustave avait une
tournure bien plus aimable, bien plus gracieuse. J'avoue que cet éloge me fit plaisir, et je partageais tout-à-fait leur opinion,
lorsqu'on annonça MM. Ernest et Gustave.
Moi, qui n'avais point encore vu l'étranger,
et qui étais indisposée contre sa barbe noire,
je fus, dans le premier moment, très-peu
satisfaite de sa personne. Il ne fit en entrant aucune attention aux demoiselles, et
s'empressa d'aller causer avec quelques
vieux chasseurs qu'il avait connus à Quimper. Il leur parla avec chaleur de ses chiens,
et du talent qu'il avait acquis dans l'art de

la chasse : il prétendait donner du cor
mieux que tous les piqueurs de la Basse-
Bretagne. Nos demoiselles étaient très-
contrariées du peu d'attention qu'il donnait à la jeune société. Leur dépit m'amusait
beaucoup; j'eus cependant pitié d'elles. Je
fis un signe à Gustave, qui obéissait à mes
moindres volontés; il s'approcha, et je lui
demandai assez haut, en riant, si son ami
ne daignerait pas s'occuper de nous après
son cor et ses chiens. Toutes mes amies
firent semblant de se fâcher de mon indis-
crète question, et assurèrent qu'à présent
il aurait bien raison de ne pas se déranger;
que l'on voyait bien à ses manières, ajoutè-
rent-elles tout bas, qu'il n'avait jamais vécu
qu'avec des objets de son goût. Chacune dit
son mot à son sujet : l'une trouvait qu'il
avait quelque chose de sauvage dans la figure
qui le faisait ressembler au singe qu'on appelle l'homme des bois; une autre, qu'il

ferait bien d'entrer comme sapeur dans un
bataillon de la marine; la plus jolie d'entre
elles assura d'un air pincé qu'il faudrait
qu'une jeune fille fût abandonnée du monde
entier pour épouser un pareil homme. Après
toutes ces épigrammes faites à voix bien
basse, Gustave vint enfin nous présenter
Ernest comme son camarade de collége et
son ami. Il prit alors un siége auprès de
nous, et nous adressa la parole avec un son
de voix extrêmement doux. Il nous vanta
d'abord la beauté des sites de notre endroit, de nos rivières dont les noms sont
si poétiques; il nous parla des habitants
qui exerçaient envers les étrangers une si
franche hospitalité; il nous dit même des
vers qu'il avait faits sur notre belle tour de
Saint-Michel, dans lesquels il peignait la
blanche clarté de la lune jouant dans de
noires ogives; il nous y parlait aussi des lu-
tins qui parcouraient la campagne, de fées,

de sorciers, de spectres, de larves, de la-
mies, de mânes décharnés, de vampires
dévorants, de goules aux lèvres bleues....
Tout cela formait un tableau charmant, et
ce tableau était si singulièrement arrangé
que, tout en n'y comprenant rien, il nous
amusa beaucoup. Tout le monde avait fait
cercle autour de lui pour l'entendre mieux,
et ces mêmes demoiselles, qui un instant
avant, lui lançaient des épigrammes, l'écou-
taient alors avec admiration; je surpris
même plusieurs regards qu'elles lui en-
voyaient furtivement, tellement expressifs
qu'ils semblaient lui dire : « Mais vous êtes
fort aimable, faites donc attention à moi;
je ne demande pas mieux que de vous aimer. » Moi, qui me trouvais en présence
de Gustave, je me gardai bien d'essayer la
moindre coquetterie; je me contentais de
sourire en regardant les demoiselles.

Comme il nous avait fait entendre ce

genre de vers qu'on admire toujours, et
qu'il n'est·pas donné à tout le monde
de comprendre , son succès lui donna
un air de triomphe, qui lui attira une
légère épigramme de la part de Gustave.
Cette plaisanterie fit naître entre eux une
dissertation sur la littérature actuelle. Gustave discuta très-froidement ; mais comme
il vit que son ami s'échauffait, il s'empressa
de lui faire des compliments sur ses vers,
ce qui termina la discussion. Cependant
je dois dire, au désavantage de Gustave,
que je crus voir, à travers les éloges qu'il
lui prodiguait, une certaine ironie qui me
fit connaître qu'il ne pensait pas un mot
de tout ce qu'il disait. Ernest qui , pendant
la lecture de ses vers, de ses jolies descriptions de supplices, de spectres et de cadavres, avait remarqué ma froideur, fit alors
beaucoup d'attention à moi. Cette attention
redoubla lorsqu'après les jeux aux cartes on

se mit à danser les rondes de notre pays, ces
rondes si vives où le comique de la pensée
se joint à la bizarrerie des airs. Comme ma
mémoire était remplie de tous ces joyeux
refrains que nos grand'mères ont dansés,
et que nos petits-enfants danseront encore,
je me livrai à ma gaieté naturelle. Cette
gaieté se communiqua à tout le monde,
et M. Ernest me le prouva avant la fin de
la soirée par les plus tendres regards et
un serrement de main plus expressif que
timide. Quel triomphe pour moi ! Il faut
connaître le cœur d'une femme pour comprendre mon bonheur : il n'y avait à Quimperlé que deux hommes épousables, et j'a-
vais fait la conquête de ces deux hommes.

Selon l'usage de la province, les domestiques arrivèrent avec leurs lanternes pour
chercher la société. Les comptes faits, les
dix ou douze sous de perte bien exactement payés, chaque famille reprit le che-

min de son logis. Je ne sais comment cela
se fit; mais au moment de sortir, Ernest
se trouva là pour m'offrir son bras; je
l'acceptai sans trop m'informer de ce que
devenait Gustave. Le long du chemin Ernest
me dit que son ami était bien heureux,
qu'il savait de lui-même quel était l'amour
que je lui avais inspiré; mais que, tout en
se réjouissant du bonheur qui attendait son
ami, il ne pouvait s'empêcher de l'envier,
qu'il avait bien à regretter de ne pas m'a-
voir connue le premier; mais qu'à présent
il regrettait davantage de m'avoir connue;
que je venais de décider du malheur de sa
vie. Il m'eût été difficile de lui répondre,
car il mettait tant de précipitation dans
ses paroles.... il avait des mouvements si
vifs.... il me pressait le bras contre sa poitrine avec tant d'ardeur.... il me saisit même
la main, et il la retint pressée sur son
cœur avec une telle force, qu'il me mettait

dans l'impossibilité de répondre à ses paroles, et de résister à ses mouvements con-
vulsifs. — La dame chez laquelle je demeurais, ne pouvant nous suivre, et trop oc-
cupée encore de la partie de wisk qu'elle
venait de faire avec le vieux capitaine de
vaisseau qui lui donnait le bras, offrait une
belle occasion à Ernest pour me parler de
son amour. Moi, j'étais si étourdie de ses
paroles, si émue de ses actions, que je n'a-
vais plus la force de le gronder; arrivée
avec lui à la porte de la maison bien avant
notre compagnie, je voulus lui retirer ma
main; mais loin de céder à mes instances,
il n'en devint que plus pressant, il me jura
par le ciel, la terre et tous les éléments,
que c'en était fait de son sort, qu'il ne me
quitterait plus, qu'il allait se fixer en Bretagne, demeurer à Quimperlé pour me voir
à tout moment, à toute heure, que je ne
pourrais sortir sans le trouver sur mes pas,

qu'enfin il allait devenir mon ombre; qu'il
convenait qu'il avait tous les torts possi-
bles, qu'il se rendait coupable envers son
ami; mais que son ami ne pouvait pas me
convenir, que son caractère froid et méthodique me rendrait malheureuse; que
nous unir tous les deux, ce serait vouloir
réunir la glace et le feu, qu'il fallait une
âme brûlante pour répondre à mon âme;
que mon cœur plein de pensées d'amour
voulait toute une existence, que son existence devait être la mienne; qu'en vain je
chercherais à m'y opposer, qu'il ne connaissait pas de puissance sur la terre qui pût l'arrêter dans ses projets; que le ciel m'ayant
formée pour lui, je devenais son trésor, sa
vie, et qu'en dépit de toutes mes résolu-
tions, je lui appartiendrais, que je lui appartenais déjà, et pour me le prouver, il
me saisit tout à coup dans ses bras, et eut
l'audace de me donner un baiser...... Quel

8

baiser! il me fit éprouver dans un instant mille sentiments divers.... Au milieu de mon trouble, je ressentis toutes les émotions.... excepté celle de la colère.

La compagnie, toujours éclairée par la lanterne, mit fin en arrivant à notre entretien, ou plutôt à sa témérité; je m'empressai de rentrer dans la maison pour que la lumière n'éclairât pas mon trouble. Retirée dans ma chambre, je me disposais à prendre du repos; mais loin de me préparer à ma toilette de nuit, je me promenais avec une agitation qui allait toujours en croissant. Des mots s'échappaient de ma bouche; dans mon monologue interrompu par chaque nouvelle pensée, je mêlais sans m'en apercevoir les noms de Gustave et Ernest. — Ernest! il m'a dit que je lui appartenais, moi qui ai juré à Gustave de le prendre pour époux; — mais Ernest soutient que je lui appartiens : — comme un démon, ou plutôt comme un dieu, il s'est emparé de ma personne; son regard déjà me maîtrise, la plus petite pression de sa main est une force qui m'entraîne, sa voix vibre jusqu'à mon cœur, sa prière est un ordre..... Et mes ser- ments ? Et Gustave!.. que vais-je faire ? que vais-je devenir ? — Accablée de tant d'agi- tations, je me couche à la fin. La fatigue m'endort. Bientôt Ernest se remontre à mon imagination; je le retrouve aussi agité, aussi brûlant, aussi téméraire... Et le sommeil me rendit encore plus faible que je ne l'avais été au moment de notre séparation.

Le lendemain cependant je fis de sé- rieuses réflexions sur tout ce qui s'était passé la veille; ma raison moins égarée me fit voir toutes les conséquences de l'amour furieux d'Ernest. Je sentis combien je de- viendrais coupable aux yeux de Gustave et du monde, si je m'abandonnais à la pas-

sion d'un jeune homme que je ne connaissais pas, et dont l'extravagance égalait au
moins l'amour. « Quoi ! me disais-je, je
ferais le malheur d'un jeune homme honnête, respectueux, qui m'offre un avenir
heureux, dont la conduite est sans reproche, dont les belles qualités sont estimées
de tout le monde, qui travaille jour et nuit
pour m'assurer une existence honorable...
Non, je l'aimerai, je lui resterai fidèle. L'a-
mour de ce furieux qui a troublé la paix
de mon âme, eh bien, je lui en ferai le
sacrifice. C'est un parti pris. Je vais écrire
à Gustave qui doit être au moment de son
départ. — Peut-être bien ai-je été trop coquette, peut-être s'est-il fâché contre moi
de ce qu'il ne m'a pas donné son bras.....
mais c'est sa faute après tout. Est-ce la mienne à moi ? Suis-je cause de ce qu'il se trouve
là un homme dont la physionomie prononcée, inquiète d'abord, et qui devient ensuite

si aimable, si tendre, si expressive, qu'elle vous ravit, quoi que vous fassiez pour vous soustraire à son charme.... Et cette voix basse qui fait vibrer le cœur comme un instrument, et ce regard qui pénètre votre âme, et cette main qui vous presse, et cette bouche qui vous brûle.... Ah! fuyons bien vite les transports de cet ange ou de ce démon.»

Il s'écoula quelques jours pendant lesquels je ne voulus pas sortir sous le prétexte d'une incommodité. Gustave dans son inquiétude me fit remettre une lettre par la servante, qui nous était dévouée. Ma réponse à sa lettre, qui était très-tendre, dut se ressentir de la situation de mon âme; heureusement que la cause qui me faisait garder la chambre suffisait pour excuser à ses yeux le style froid et contraint de ma réponse. — Ah! Monsieur, je ne connais rien de plus pénible pour une femme déli-

cate que d'être obligée de tromper un
honnête homme, de feindre un amour que
l'on ne ressent plus, ou plutôt qu'on ressent
pour un autre. Je sais qu'il existe certaines femmes qui auraient été très-peu em-
barrassées de ma situation, qui savent répondre à tout le monde sur le ton qui
convient, et conduire deux ou trois intrigues à la fois ; mais il n'en pouvait être de
même d'une jeune fille. Mon inexpérience,
la franchise de mon caractère, l'habitude
de me laisser entraîner par le sentiment qui
règne dans mon âme, me rendaient peu
propre à une dissimulation qui devenait
pourtant indispensable. Toutes ces idées
m'occupaient pendant la journée entière,
et le soir, rentrée dans ma chambre, mon
imagination se reportait plus vive encore
sur l'imprudent qui troublait mon repos.
Son image revenait toujours occuper ma
pensée, surtout à cette heure où sa témé-

rité ne connaissant plus de bornes, me ravit
ce baiser brûlant dont le seul souvenir me
causait un tremblement général. Dans l'un
de ces instants de malaise où j'avais besoin
d'air pour respirer plus librement, j'ouvris
ma croisée. La lune répandait alors sur la
nature sa lueur mélancolique et colorait
tous les objets d'une teinte argentée. En
portant mes yeux sur le brillant tableau
que j'avais devant moi, je crus entendre
quelque bruit dans le feuillage d'un gros
orme qui pouvait être à vingt pas de ma
croisée : ce bel arbre était en dehors du
jardin, et terminait une prairie qui bordait
la jolie rivière d'Isol. Ne sachant pas ce qui
pouvait agiter ainsi le feuillage de cet arbre,
je ne le quittai pas des yeux. Je crus d'a-
bord que ce mouvement était causé par
quelque grand oiseau de nuit qui venait
surprendre d'autres oiseaux pendant leur
sommeil, afin d'en faire sa proie. Mais je

fus bientôt détrompée de mon erreur, en apercevant presque sur le sommet de cet arbre géant le fougueux Ernest. Malgré l'éloignement, je reconnus fort bien ses traits; un rayon de la lune, en pénétrant à travers la trouée qu'avait faite une branche morte, venait éclairer son visage dont les traits prononcés et la barbe noire ressortaient encore davantage par cette masse de lumière. Il me faisait l'effet de ces figures que forment les peintres sans le secours du crayon, et qui donnent souvent à ces pochades une ressemblance plus grande que ne le pourrait faire le trait le mieux arrêté.—Quand j'eus fait cette découverte, je ne vous exprimerai pas, Monsieur, mon trouble et mon étonnement. Quel homme! me disais-je; quelle persévérance! Depuis que je me suis séquestrée dans mon appartement, peut-être a-t-il ainsi passé toutes les nuits. — Oh! ce n'est point ainsi que

Gustave sait aimer, il ne viendrait point au clair de la lune percher pour mes beaux yeux, lui qui sacrifiait au devoir d'amuser son père, devoir dont à la rigueur il pouvait se dispenser, le plaisir d'être auprès de moi. Tout en disant ces mots, je reportai mes yeux sur mon oiseau de nuit. Il agitait alors un mouchoir, il me faisait des signes, il cherchait enfin à se faire apercevoir. Je ne pus résister au plaisir de lui prouver que je l'avais vu; de même j'agitai un mouchoir : plus tard je lui prouvai en lui faisant signe de descendre combien sa position sur cet orme m'inquiétait. Enfin, sans nous en douter, nous avions établi un télégraphe, tous nos mouvements correspondaient parfaitement les uns aux autres; il commençait par me montrer le ciel, j'imitais alors son geste animé; bientôt après sa main se plaçait sur son cœur, et la mienne alors reposait sur mon sein, puis la retirant

tout à coup, il la portait à sa bouche pour
y déposer un baiser qu'il m'envoyait sur
l'aile des zéphyrs. A ce geste trop passionné, et qui me rappelait trop vivement
sa témérité, je m'arrêtai, et par un mouvement de tête très-significatif, je lui fis voir
que je ne consentirais point à répondre à
ses envois. M'ayant très-bien comprise, il fit
plusieurs gestes qui peignaient son désespoir; il me menaça, si je ne consentais à ce
qu'il désirait, de se précipiter du haut de
son arbre. Je ne sais ce qu'il fit; mais tout
à coup je le vis se balançant dans le vide,
et n'étant plus attaché à la branche que par
une seule main. La frayeur me saisit alors.
Je me précipitai à genoux, tout en lui expé-
diant avec une rapidité extrême tous les
tendres baisers qu'il m'avait précédemment
envoyés. Je crois même, tant alors je fus
généreuse envers lui, qu'il a dû rester mon
débiteur. Nous passâmes presque toute la

nuit de cette manière ; mais enfin, comme notre langage avait quelque chose de fatigant pour le pauvre perché, je lui fis signe, par un geste tout à la fois tendre et impérieux, qu'il fallait qu'il se retirât. Il obéit, et notre vivant télégraphe, par une dernière manœuvre, nous envoya réciproquement le plus tendre adieu.

Fatiguée des sensations fortes que toute la nuit j'avais éprouvées, je me jetai presque tout habillée sur mon lit : un sommeil agité me saisit au même moment. Je croyais toujours voir Ernest prêt à tomber de son arbre ; et comme les idées qui nous occupent fortement pendant nos veilles, en se reproduisant troublent notre repos, je crois bien que, pendant le reste de la nuit, j'ai continué de répéter les manœuvres du télégraphe qu'Ernest et moi nous avions si joliment improvisées. Ce qui servit à m'en convaincre le matin fut le désordre de ma parure et la fatigue que je ressentis dans tous mes membres. Pour remédier à ce désordre, je m'empressai de me lever avant l'heure où l'on entrait ordinairement dans ma chambre. Dès mon premier coup d'œil au miroir, je m'aperçus trop à mes yeux battus que les.grandes passions sont ennemies de la beauté. Cependant, après quelques soins donnés à ma toilette, je vis qu'avec un peu d'art et par un arrangement indiqué par le goût et par la coquetterie, je pourrais dissimuler les fatigues de la nuit. Seulement ma coiffure ordinaire, qui donnait toujours à ma physionomie un air vif et piquant, fut changée en un bonnet auquel je dus une figure qui déguisait, sous l'apparence d'une tendre mélancolie, la souffrance de l'âme et les peines de l'amour. Ce genre de beauté ne pouvait mieux convenir à la nouvelle situation dans laquelle j'allais me trouver, et dont je fus instruite à l'instant même où je finissais ma toilette.

Notre confidente vint me prévenir que Gustave voulait absolument me parler ; qu'il saisirait l'instant où ma surveillante, qui ne me surveillait point, sortirait pour sa promenade du matin. Je consentis à le recevoir, d'autant plus que, lors même que cette visite eût été connue de ma société, aucune personne n'en eût été surprise. On savait que Gustave me rendait des soins, et on le connaissait pour un jeune homme si honnête que l'on ne doutait pas que cette liaison ne finît par un mariage. Gustave, au contraire, se montrait si jaloux de ma réputation qu'il avait toujours recours au -mystère pour la préserver de la moindre atteinte. Cependant, après avoir promis de lui parler dans le grand salon du rez-de-chaussée, je me repentis presque de ma promesse : en effet, comment me montrer

à ses yeux, moi qui, conduite par la fa-
talité, venais, à l'aide d'une pantomime
très-expressive, de lui être à peu près in-
fidèle ; cependant je me résignai à cet effort, et j'espérai même que de nouvelles
assurances de son amour pourraient me
faire oublier la nuit pénible mais eni-
vrante que je venais de passer.

Ainsi qu'il me l'avait promis, Gustave
entra dans le salon dès qu'il fut certain
qu'il m'y trouverait seule. Il m'aborda avec
cette politesse tendre et respectueuse qu'il
avait toujours avec moi. Il se récria d'a-
bord sur l'altération de mes traits : il ne
s'attendait point à me trouver si faible et
si changée. — « Que vous est-il donc arrivé ?
me dit-il avec le plus grand intérêt. Qui a
pu causer l'air souffrant et chagrin que
vous avez en ce moment ? Serais-je assez
heureux pour avoir le droit de croire que
je suis pour quelque chose dans la tristesse

que vous me montrez ? Je me rappelle très-bien que le jour où je présentai mon ami à toute la société, je vous annonçai que j'étais sur le point de partir, d'aller finir mon droit à Paris ? Serait-ce la nouvelle de mon prompt départ qui aurait pu vous affliger à ce point ? Pardonnez-moi cet égoïsme ; mais votre amour m'est si précieux qu'il m'a fait oublier l'intérêt de votre santé. Ah ! ma chère Juliette, que vous justifiez bien le choix de mon cœur ! Combien vous méritez les nouveaux efforts que je vais tenter pour hâter le moment qui doit nous unir ! Ce moment ne tardera pas, soyez-en certaine : à force de travail, je surmonterai tous les obstacles qui retardent mon bonheur ; et c'est afin d'y parvenir plus tôt que je pars dès demain. » — Demain ! m'écriai-je vivement ; et ce cri, je le dis en rougissant, était plus causé par la joie que par le chagrin de son départ. —

« Rassurez-vous, continua-t-il ; c'est afin de
ne plus nous séparer jamais que j'ai le courage de m'éloigner de vous. Vous ne dou-
terez pas de la sincérité de mes sentiments,
puisque je n'ai sollicité de vous ce dernier
entretien que pour vous en donner la preuve
la plus authentique. Oui, Juliette, cet adieu
que je viens vous faire est le premier nœud
du lien qui doit nous unir. Rappelez-
vous cette petite bague de crin qu'en jouant
avec vous je vous dérobai dans les premiers jours de notre connaissance : depuis,
vous daignâtes accueillir mes vœux, et cette
bagatelle me devint encore plus chère. Eh
bien, c'est elle qui m'a servi de modèle
pour cet anneau que je vous apporte comme
un gage de notre hymen : comme les ba-
gues de mariage, il renferme nos deux
noms. Pardonnez si je l'ai fait enrichir de
quelques brillants : ils appartenaient à ma
mère, et nulle autre que ma fiancée ne doit

les porter. Oh ! chère Juliette, c'est proster-
né à vos pieds que je vous prie de me permettre de placer cet anneau à votre doigt; il vous
rappellera tout à la fois que mon amour
est sincère et que nos engagements sont
sacrés... » Tout en disant ces mots, il était
à mes pieds, avait saisi ma main, et passait
à mon doigt la bague de nos fiançailles.
Tout émue de la franchise et de la délicatesse de ses propositions, je le laissai faire
ce qu'il voulut ; mais bientôt, me rappelant d'autres engagements moins authentiques, mais plus passionnés, je fondis tout
à coup en larmes à l'idée de l'embarras de
ma situation. Gustave, loin de deviner le
motif de mes pleurs, ne vit dans cet excès
d'attendrissement qu'une nouvelle preuve
de mon amour : je dus le laisser dans cette
erreur.

Tous les deux redevenus plus calmes,
Ernest devint le sujet de notre conversa-

tion. Je n'ai pas besoin de dire combien
j'étais avide de parler de son ami. Il me fit
d'abord un portrait de son caractère, qui
attira toute mon attention. «Ernest, me dit-
il, est un jeune homme plein de probité et
d'honneur. Il est incapable de commettre
une mauvaise action; et cependant je ne
serais point étonné que ses passions vives
et l'exaltation de sa tête ne le précipitassent
dans de très-grands malheurs. Il n'a aucune
connaissance du monde; il croit tous les
hommes aussi bons et aussi confiants que
lui. Indépendant par caractère et toujours
conduit par son imagination, il saisit avec
avidité tout ce qui lui semble sortir de la
route ordinaire; il se fera, par un esprit
d'opposition qui est inné dans lui, le défenseur de tous les systèmes bizarres. Il ne
trouve d'admirable que ce qui est hors de
la ligne battue; les lois nées du bon sens
et de l'expérience lui paraissent ridicules

dès qu'elles ne cadrent pas avec les chimères de son esprit. Il ne trouve rien de bon, de beau dans les ouvrages de nos maîtres, par la seule raison qu'ils sont anciens ou qu'ils ne répondent pas à ses fausses idées. D'un autre côté, s'il blâme les ouvrages créés sur les modèles de la haute antiquité, il admire, sans aucune exception, tous les monuments produits par la barbarie du moyen âge. Cette préférence qu'il accorde, sans trop savoir pourquoi, aux nombreuses productions de l'ignorance de nos aïeux, et même à leurs mœurs sauvages et cruelles, n'est point l'effet d'un mauvais cœur, seulement il veut du nouveau, il en cherche partout, et il croit en avoir découvert dès qu'il peut vous présenter quelques œuvres, quelques idées et même quelques expressions qui avaient été oubliées ou plutôt méprisées par nos pères. »

Il me sembla voir, dans cet exposé du

caractère d'Ernest, une rivalité d'auteur qui ne s'accordait pas avec le caractère généreux de Gustave. — « Mais, dis-je timidement, je vois que, si vous vous plaisez à rendre justice à son cœur, vous trouvez à blâmer beaucoup dans la direction de son esprit. »

— Oh! quant à cela, nous ne pouvons nous entendre. Vous êtes, ajouta-t-il peu galamment, trop étrangère à la littérature pour que je vous explique la différence des doctrines qui sont quelquefois entre nous la cause de longues discussions. Le temps seul pourra nous mettre d'accord. C'est cette différence d'opinion qui me fait supporter plus patiemment le manque de parole dont il se rend coupable envers moi.

— Comment donc, un manque de parole de sa part! et il m'échappa un soupir que j'eus bientôt étouffé.

— Oh! dit-il en riant, ce manque de parole a bien peu d'importance. Il m'avait promis, à son arrivée à Quimperlé, que nous ferions ensemble le voyage de Paris, et il m'a dit hier qu'il avait des affaires en Bretagne qui l'y retiendraient tout l'hiver. »

Si Gustave, au moment qu'il m'annonçait cette nouvelle, eût fait attention à mon visage, il l'aurait vu se colorer d'une rougeur subite. — « Mais, dis-je avec une apparence d'indifférence, il faut que ses affaires soient bien importantes pour décider un jeune homme à passer un hiver dans une ville de province qui ne peut lui offrir aucun genre de plaisir.

— Il n'y restera pas toujours, car il veut vendre l'une de ses fermes pour se montrer bientôt à Paris avec quelque éclat. Moi, je crois, au contraire, que l'une de vos jolies amies est plutôt la cause de ce changement subit. Si vous n'eussiez pas été indisposée, vous eussiez pu m'apprendre quelle est celle de nos jeunes personnes qui a fixé son

choix. Quelle qu'elle soit, je la plaindrai de
s'attacher à un homme de son caractère.
Comme je vous l'ai déjà dit, je le crois incapable d'une méchante action; mais je
crains en même temps que la fougue de ses
passions ne le conduise à des excès d'amour
ou de jalousie qui porteront le trouble dans
son ménage. Et puis il a des idées si singu-
lières sur tout, que je ne serais point étonné
qu'il exigeât de la femme qui l'aimerait des
sacrifices qui pourraient blesser sa réputation et l'ordre général. Enfin, c'est un
homme qui ne se mariera pas comme tout
le monde. Il ne voit dans des lois respectables pour tous qu'un attentat à sa liberté
et aux droits de la nature. Cette habitude
qu'il a de ne juger les règles des arts que
comme des entraves, lui fera mépriser de
même le frein que l'hymen nous impose. Je
vous le répète, je connais Ernest depuis
son enfance, et quelque bon que soit son

cœur, il fera son malheur et celui de la jeune
fille qui aura la faiblesse de céder à des
charmes extérieurs et au brillant d'un esprit aussi peu solide que raisonnable. »

Comme il finissait cette phrase, la servante vint m'avertir que Madame allait rentrer. Il profita de cet avertissement pour
m'adresser ses adieux, et après m'avoir fait
promettre, avec toute l'ardeur dont il pouvait être capable, de lui être fidèle, il prit
congé de moi, en baisant respectueusement
ma main.

Aussitôt après le départ de Gustave, je
remontai dans ma chambre afin de réfléchir à tout ce que j'avais appris sur le caractère d'Ernest. En vain mon cœur me
disait que Gustave, peut-être un peu jaloux
des avantages de son ami, m'en avait fait
un portrait dépourvu de vérité; cependant
quelle que fût ma prévention en faveur de
l'original, je ne pus me dissimuler qu'il s'y

trouvait des traits d'une grande ressemblance. — « Prenons garde à ce que je vais
faire. Ne cédons pas, comme le dit Gustave,
à des charmes extérieurs ; il a raison, Ernest ne ressemble pas à un autre homme,
sa conduite avec moi en est la preuve ; son
amour est celui d'un furieux, et son audace
est extrême. A peine m'a-t-il dit qu'il m'aimait, que sa bouche.... Ah ! je frémis des
dangers que je pourrais courir en restant
seule avec lui. Quelle différence de Gustave !
sa conversation est raisonnable, ses mots
sont toujours choisis, ses preuves de tendresse douces et modérées ; et tels sont ses
égards pour la femme qu'il aime, que même
en la quittant pour long-temps, il ose à
peine déposer sur sa main un baiser respectueux... Mais comment ai-je pu céder un
instant à la folie d'un homme dont la conduite mérite mon mépris? Non, je saurai
triompher de cet insolent étourdi. L'empire

qu'il a pris un moment sur moi a été produit par une fascination; il y a quelque
chose dans tout cela qui n'est pas naturel.
Ainsi que le croient nos bons paysans, m'a-
t-il jeté un charme? A-t-il à ses ordres
quelque lutin qui vienne tourmenter par
des prestiges mon imagination fantastique?
Oui, je suis tentée de le croire au trouble
qu'il a porté dans mon cœur, au dérange-
ment de ma santé; de quelque part que
vienne le tourment que j'endure, il faut
qu'il cesse, ou c'en est fait de ma vie. Mon-
trons du courage, ne nous occupons que
de Gustave, cessons tout à fait de penser à
cet Ernest, qui par ses tentatives coupables ne doit plus maintenant offrir à mes
yeux que l'aspect d'un ange déchu. »

Déjà plus calme par cette résolution, je
ne voulus pas sortir de la maison dans la
crainte de rencontrer Ernest; mes promenades se bornaient à quelques tours dans

le jardin avec la dame chez laquelle je demeurais. Plusieurs de mes amies vinrent me
voir, et ne doutèrent pas un instant de la
réalité de mon indisposition en voyant la
pâleur de mon visage. Elles trouvaient que
cette pâleur me donnait un air mélancolique qui n'allait point à mon caractère.
Je n'osais leur demander si elles avaient vu
Ernest depuis sa présentation dans notre
société; et je crois que j'aurais eu le courage de ne pas en dire un mot si l'une
d'elles n'eût pris soudain la parole pour me
demander si j'en avais entendu parler depuis le jour où il parut si aimable aux yeux
de tout le monde. « Vous ne savez donc pas,
ma chère amie, ajouta-t-elle, ce joli garçon
qui a fait tourner la tête à toutes nos demoiselles le premier jour qu'elles l'ont vu,
est maintenant ennuyeux à faire périr;
imaginez qu'il n'a pas dit quatre paroles
à la soirée d'avant-hier. Il vous regarde

avec ses grands yeux noirs, et ne semble
pas vous voir ; il commence une phrase et
ne l'achève pas. Sa toilette est négligée ;
jusqu'à sa jolie petite moustache qu'il ne se
donne plus la peine de peigner ; il n'a plus
de couleur ; enfin il est presque aussi pâle
que vous. Oh ! il y a quelque chose là-des-
sous. Nous prétendons toutes qu'il est amoureux ; mais de qui ? voilà le mystère. » —
C'est avec beaucoup de peine que je dissi-
mulais le plaisir que me faisait tout ce que
l'on m'apprenait sur le compte d'Ernest.
Tel est le cœur d'une femme. Je voulais
repousser son amour, et j'aurais été très-
fâchée qu'il ne m'aimât plus. Notre conversation finit par une invitation de bal. Il
devait avoir lieu dans trois jours, et devait
être très-brillant. Le colonel d'un régiment
de Lorient, qui était lié avec le seigneur
d'un village voisin, lui avait promis un
détachement de tous les sous-lieutenants de

son corps. Je vous demande si ce bal dut
faire du bruit à Quimperlé. Je promis à
mes amies que si ma santé était tout-à-fait
bien, je ne manquerais pas de m'y rendre;
et en effet, quel danger pouvait-il y avoir
pour moi? Il fallait ou quitter la ville ou
me décider à me retrouver avec Ernest; et
comme tôt ou tard cela devait arriver, je pré-
férais le revoir pour la première fois au milieu
d'une grande foule, où je pourrais plus facilement échapper à sa furieuse importunité
et peut-être à ma faiblesse.

Le grand jour arriva. Je ne vous ferai
point un détail de ma toilette; il me suffira de vous dire que, sans m'en apercevoir,
je passai trois heures à ma parure, et que,
sans m'en douter, je m'arrangeai de manière à être la plus jolie du bal.

A un sourire qui m'échappa, la petite
conteuse s'interrompit.

— Vous souriez, Monsieur, parce que je

vous dis que j'étais la plus jolie. Que voulez-vous? c'est plus fort que nous: nous autres Bretonnes nous pensons tout haut. Est-ce que vous ne me trouveriez pas jolie, par hasard?

— Charmante, Madame.

— A la bonne heure. Je reprends mon histoire. Mais à l'avenir je vous prie de ne pas m'interrompre. — J'arrivai un peu tard au bal, et je le fis exprès. J'étais convaincue qu'Ernest serait l'un des premiers arrivés, et j'aurais été bien fâchée qu'il ne vît pas l'effet que devait produire mon entrée. Lorsque je mis le pied sur le seuil de la maison, l'idée de revoir un homme qui m'avait si horriblement offensée, me troubla au point que je sentis mes jambes plier sous moi. Au même instant que j'éprouvais cette émotion pénible, je sentais également le rouge me monter au visage. Ces émotions, loin de nuire à ma beauté, y ajoutè-

rent sans doute; car, dès que je parus, un
cri d'admiration s'éleva de tous les coins
de la salle. Bientôt je fus environnée d'une
foule d'officiers pour qui j'étais un objet
nouveau. Tous s'empressèrent de demander
ma main pour la première contredanse; je
promis à quelques-uns, tout en leur disant
pourtant que j'avais un premier engagement. Je songeais en ce moment à Ernest,
qui peut-être m'en voudrait si je ne lui ac-
cordais pas cette faveur. Dans sa qualité
d'ami de Gustave, il avait droit à cette préférence, et je crus de mon devoir de la lui
réserver. Très-satisfaite de mon entrée
triomphale, j'allai me placer près de la
mère de l'une de mes amies. De ce point,
je parcourus toute la salle. Mais quel fut
mon étonnement ou plutôt mon dépit de
n'y pas voir Ernest. J'aurais demandé à mes
voisines la cause de son absence, si je n'a-
vais craint que cette question fût déplacée.

Lorsqu'on est coupable, on s'imagine que tout le monde lit dans votre pensée, et l'on se fait un crime d'une chose sans importance. Quoi qu'il en fût, je sus me contraindre assez pour ne pas parler d'Ernest, et j'aurais eu le courage de me taire pendant la soirée entière, si la petite prude coquette qui, à la partie du reversi, pensait tant de mal du joli bouc, ainsi qu'elle l'appelait, ne fût venue m'en parler la première. Elle me demanda, avec un empressement qui ne laissa pas que de m'embarrasser, s'il était vrai que M. Ernest ne viendrait pas au bal. Je lui répondis que depuis le jour où ses moustaches lui déplurent tant, je n'en avais pas entendu parler; mais que dans tous les cas son absence devait nous être fort indifférente, puisque, grâces à la garnison de Lorient, nous ne manquerions pas de danseurs. Comme je finissais ces mots, ma questionneuse fit un cri, en disant : « Oh !

le voilà! Mais c'est qu'il est très-bien aujourd'hui. C'est étonnant comme on s'ha-
bitue vite à ce singulier visage. » — Quant
à moi, je n'écoutais plus cette petite folle.
Les yeux fixés sur Ernest, je suivais tous
ses mouvements avec un trouble que je pouvais cacher à peine. Il alla saluer toutes mes
jeunes compagnes, leur fit des compliments
qui me parurent très-spirituels sur leur
élégant ajustement. Il n'avait jamais vu, disait-il, une réunion de plus jolies personnes. Tout en riant, il s'approcha de la
dame sous la protection de laquelle je m'é-
tais mise, lui demanda de ses nouvelles,
s'excusa de ne pas avoir encore eu l'honneur
de la voir chez elle, et passa devant moi
sans me dire un seul mot et en me saluant
à peine. — Je ne peux vous exprimer, Monsieur, quel fut mon désappointement, je dirai plutôt ma colère, d'une pareille conduite
de sa part. Ma poitrine se gonflait, j'étouf-

fais dans mon corset, et cependant je me
mis à rire aux éclats d'une plaisanterie que
fit un officier sur la barbe d'Ernest. Je fei-
gnis de trouver charmante l'épigramme, et
cependant elle n'était que plate et ridicule.

Bientôt les violons se firent entendre et
les quadrilles se formèrent. Au fond de mon
cœur je conservais encore quelque espérance. Peut-être, me disais-je intérieurement, il craint de montrer aux autres, par
égard pour moi-même, l'amour qu'il m'a
juré, cet amour dont il m'a donné de si
grandes preuves. Oui, je suis certaine que
cette froideur n'est qu'apparente, et qu'il
va tout réparer en me priant de danser. Je
trouvais cette réflexion si juste que je me
disposais déjà à figurer dans un quadrille,
quand je vis Ernest arriver donnant la main
à cette petite précieuse qui avait tant d'impatience de le revoir. Il vint se placer tout
juste devant moi, si près que son habit ef-

fleurait mes vêtements. — Oh! Monsieur,
si vous pouviez savoir combien j'ai souf-
fert dans ce moment ! Ernest près de moi,
ses vêtements touchant les miens, et il ne
daignait même pas tourner la tête pour me
jeter un regard de compassion. Je ne pouvais supporter plus long-temps cette position pénible, et je sentais que j'allais m'é-
vanouir.... lorsqu'un jeune officier, très-joli
garçon, me rappela avec beaucoup d'empressement, que je lui avais promis la seconde
contredanse. Cette distraction me rendit à
moi-même, et le chagrin fit place à l'orgueil
blessé. Non pas la seconde, lui dis-je très-
haut, mais bien celle-ci ; la personne sur
laquelle je comptais pour me faire danser
la première, paraît m'avoir complètement
oubliée, et je me crois dégagée de ma promesse. Comme je parlais avec une certaine
action, Ernest tourna la tête, et au même
instant je lui lançai un regard dans lequel

il ne dut lire que le mépris que j'avais pour
lui. Cette petite vengeance me remit tout-
à-fait. Je me trouvai soulagée et je remer-
ciai le hasard de m'avoir procuré le moyen
de témoigner mes sentiments à l'homme que
je haïssais le plus. Depuis ce moment, je
ne m'occupai plus d'Ernest, mais bien de
tous les officiers de la garnison. Tout le
monde admira ma danse, et la satisfaction
que j'éprouvais de mon succès donnait à
mon visage un air de bonheur qui me rendait encore plus jolie. Aussi de tous ces
jeunes militaires, c'est à qui viendrait me
demander ma main. Je promettais à tout
le monde. Mon projet était de ne pas quitter un instant la place, et, dans les inter-
valles qu'exigeaient les figures, que de mines
coquettes, que de propos aimables, que de
regards tendres je lançais à tous mes admirateurs! Il y avait dans toute ma contenance
un enivrement de gaîté, je dirais presque

10.

un désespoir de plaisir qui devait entourer ma personne d'un charme irrésistible. Je ne cherchai plus à savoir ce que devenait Ernest, et une seule fois, que je le rencontrai dans le même quadrille que moi, je le regardai comme on regarde un meuble, une table; seulement, dans les figures où il devait me donner la main, j'évitais de la prendre, mais sans aucune affectation.

Vers les deux heures du matin, je m'aperçus cependant qu'il n'était plus dans le bal. Sans que cela m'affligeât beaucoup, son absence me donna à réfléchir. Bientôt je commençai à sentir de la fatigue, et, sans que je m'en doutasse, ma gaîté disparut tout-à-fait. Ce changement n'échappa point à mes nombreux courtisans. Je le mis sur le compte de la lassitude, et je quittai le bal, sinon satisfaite de ma soirée, au moins très-fière de ne m'être pas laissé humilier par un homme dur et capricieux.

Rentrée chez moi, mon premier mouvement fut d'ouvrir ma croisée pour voir si
je ne découvrirais point Ernest. Après y
être restée quelques minutes, et impatiente
de ne pas le voir arriver sur son arbre, je
me fis déshabiller. Quelque empressement
que la servante y mît, je trouvai qu'elle y
allait trop lentement, et ce ne fut qu'aux
dépens de ma parure qu'enfin je me trouvai dans mon déshabillé de nuit. La servante partie, je me remis à la croisée. Le
cœur palpitant de colère et d'amour, j'é-
coutais si je n'entendrais pas quelque bruit
dans le feuillage..... Vaine attente!..... Plus
impatiente encore, je me promenais dans
ma chambre, espérant que ce mouvement
pourrait me distraire de ma souffrance.....
Enfin, accablée de lassitude, je me cou-
chai et je m'endormis avec le dépit de donner encore à un ingrat ma dernière pensée.

Je me réveillai très-tard le lendemain, et je
vis avec chagrin que la grand'messe devait
être commencée. Dans notre pays, y manquer
un dimanche est un péché capital. Je regret-
tais d'avoir été si paresseuse. Nos danseurs
de la veille devaient y assister, et moi et plusieurs de mes amies, du consentement des
mamans, leur avions promis de leur faire
voir la chapelle souterraine de l'abbaye, où
se trouvent les tombeaux de saint Guthierne
et de saint Gurlois. Il faut vous dire, Monsieur, que ces grands saints jouissent, dans
le Finistère, d'une très-bonne réputation.
De là nous devions nous rendre dans le bois
de l'abbaye où nous attendait un déjeuner
tout-à-fait champêtre. Je m'empressai donc
de me rendre à l'église. J'y rejoignis mes
amies qui me grondèrent de ma paresse. A
la fin de la messe, nous fîmes voir à nos
jeunes militaires notre vieux monument re-
ligieux dont l'architecture ne fit pas sur eux

une grande impression. Nous nous diri-
geâmes après vers les bois, et une gaîté
générale eut bientôt succédé à notre air de
componction et d'austère modestie.

Arrivés sur les bords du Laita, dans un
bosquet que l'on appelle, je ne sais trop
pourquoi, *la Chaise d'Aristote*, lieu d'où
l'on découvre Quimperlé et tous ses sites
charmants, nous nous assîmes sur l'herbe, et
fîmes honneur au déjeuner qui nous attendait. Vers la fin du repas, la conversation
tomba sur la beauté des campagnes qui
nous environnaient. Je fis remarquer les
barques à la voile qui sillonnaient les eaux
du Laita qui coulait entre de superbes bois.
Je leur montrai dans l'éloignement les clochers de l'abbaye et ses longs bâtiments qui
formaient le fond ravissant de ce tableau.
Afin de fixer encore davantage l'attention
d'Ernest qui, j'avais oublié de le dire, faisait partie de notre société, il me prit

fantaisie de faire voir l'érudition que je
devais tout fraîchement aux soins de Gustave. Dans nos promenades et dans nos
rendez-vous secrets, il s'était plu à me
donner quelque instruction. Il prétendait
qu'une femme devait connaître au moins
l'histoire de son pays, et pour prouver que
je connaissais très-bien celle de Quimperlé,
je pris la parole et je m'avisai de dire avec
un certain pédantisme que l'abbaye de
Sainte-Croix avait été érigée le 14 octobre
1029 par Alain Caignard, comte de Cor-
nouailles. En 1342, dis-je encore en élevant
la voix, Louis d'Espagne, après que Charles
de Blois lui eut fait lever le siége d'Hennebon, entra dans la rivière de Quimperlé
suivi d'une flotte considérable, et fit cerner
la ville par six mille hommes qui furent
défaits par Gauthier de Mauny dont vivent
encore parmi nous les descendants. En
1373, Olivier de Clisson canonna notre

ville..... — J'allais continuer ; mais un
sourire malin d'Ernest me coupa la parole.
—Comme je m'imaginai qu'il trouvait trop
d'aridité dans mes citations, je me jetai
promptement dans les superstitions du pays.
Cependant quoiqu'un peu démontée par son
sourire offensant, je continuai à faire parade de mon instruction. — Ces tombes,
messieurs, que vous avez vues dans la chapelle souterraine de l'abbaye, sont celles
des deux plus grands saints de la Basse-
Bretagne. Depuis plus de six cents ans, ils
sont en possession de guérir tous les maux
de nos paysans. Si vous avez la colique,
adressez-vous à saint Gurlois, couchez-
vous dans le piédestal creusé de sa statue,
après avoir déposé près du saint un petit
sac de blé ; dès que le sac aura disparu,
vous pouvez sortir de votre cachette ; car il
est bien certain que vous n'éprouvez plus
aucune souffrance. — Quant à saint Gu-

thierne, il n'accepte lui que du lait et du
miel; mais aussi pour prix de votre offrande,
il vous guérit de la migraine. Il ne faut
pour cela que se lier par les cheveux à l'anneau de fer qui est près de sa tombe, et se
donner une forte secousse. Plus votre tête
aura couvert l'anneau de ses dépouilles,
plus vous serez certain de ne plus avoir de
mal à la tête.

J'allais continuer une relation plaisante
et philosophique des miracles de tous les
saints de la Cornouaille, quand tout à
coup Ernest m'interrompit avec une vivacité presque insultante.

— On voit, mademoiselle, me dit-il avec
amertume, que vous avez reçu de vos in-
stituteurs une instruction toute classique.
Il règne même dans les détails que vous
nous donnez sur nos saints une certaine
teinte philosophique qui me ferait croire
que vous avez lu Voltaire.

— Non, monsieur, repartis-je avec colère. Je ne connais ce grand homme que
par les éloges....

— Eh bien! mademoiselle, si vous ne
l'avez pas lu, vous le lirez un jour, et vous
serez tout étonnée d'apprendre que votre esprit se rapproche beaucoup du sien, surtout
dans ce qui tient aux objets de notre culte.

Contrariée au dernier point de son attaque imprévue, je ne sus que lui répondre.
Il continua :

« Quant à moi, je ne vois pas les objets
sous un même aspect que vous, et j'ai une
tout autre idée du résultat des croyances
de nos bons paysans. Que la société me
permette d'entrer dans quelques détails
sur les antiquités et les souvenirs de notre
pays, et l'on verra que ces croyances dans
la puissance de nos saints, ont une influence
heureuse sur la destinée de nos simples habitants. On m'excusera, si je ne cite pas avec

autant d'exactitude que mademoiselle les époques et les dates des événements dont je puis avoir à parler; mais il n'est pas donné à tout le monde d'avoir de la mémoire. D'ailleurs je conviens avec humilité que de tout ce que je lis, que de tout ce que j'entends, je ne me rappelle jamais que ce qui peut toucher vivement mon esprit et mon cœur. »

Mes yeux baissés lui prouvèrent que je n'étais point insensible à ses épigrammes; et le silence de la compagnie l'eut bientôt engagé à commencer. Ce qu'il fit sans périphrase et avec une éloquence vraiment entraînante.

« La Bretagne est très-peu connue du reste de la France. On ne la juge que par les récits peu véridiques de quelques-uns de nos écrivains. On croit beaucoup honorer ses habitants en leur accordant le courage, comme si cet avantage n'était pas celui de

tous les Français. Mais on ne parle point
de leur noble caractère, de leur vertu hospi-
talière, de leur désintéressement, de leur
fidélité dans leurs engagements. Suivez ce
peuple, un peu sauvage j'en conviens, depuis son origine antique, puisqu'elle date
des Celtes, remontez au temps où, gouver-
né par ses druides, il ne connaissait de
souverains que ses prêtres. Comme les
Celtes leurs pères, les Bretons animaient la
nature d'une multitude de génies qui prési-
daient à toutes les actions de leur vie. Quel
est le paysan du Finistère qui ne vous parlera des trésors cachés sous les ruines du
château de Caraman (1), de ces courils qui
dansent près des monuments druidiques et
vous forcent à danser avec eux ? Qui des
Bretons n'a pas célébré le *Guy Nané ?* Voilà
le Guy, ce fameux Guy de chêne enlevé
avec une serpe d'or et recueilli par les va-

_____

(1) La devise de cette maison était : *Dieu avant Caraman.*
— Quelle petitesse! Quelle modestie!

cies pour être distribué au peuple. Qui ne
sait que l'*Ile de Sein* (1) n'était habitée
que par neuf druidesses qui, les cheveux
épars et le sein nu, conjuraient les vents
du haut de leur rocher ? Le même usage
n'existe-t-il pas encore sur nos côtes où
sifflent souvent les tempêtes ? N'avez-vous
pas vu nos jeunes filles courir au bord de
la mer, les cheveux épars et la tête cou-
ronnée de fleurs, chanter en chœur :

> O Goélans! goélans!
> Ramenez-nous nos amants.

« Sans doute ces anciennes croyances ne

---

(1) L'île de *Sein*, près de la pointe du Raz, qui fut,
disent les vieilles chroniques, le lieu de naissance de l'enchanteur Merlin, n'est habitée maintenant que par quatre
ou cinq cents pêcheurs formant entre eux une petite république. Les habitants ont tout-à-fait conservé leurs anciennes mœurs. Ils sont bons, hospitaliers et toujours
prêts à voler au secours des naufragés, qu'ils ne dépouil-
lent pas, comme on le fait encore sur certaines côtes de
la Bretagne. (*Note de l'éditeur.*)

peuvent être authentiques. Les druides ne
voulaient pas qu'on écrivît l'histoire, bien
convaincus que les traditions, en s'enrichis-
sant de merveilleux, produisent bien plus
d'effet sur les hommes. Si cette antiquité
qu'on ne peut contester, nous donne déjà un
avantage sur les autres peuples, ne pouvons-
nous pas encore signaler comme bien glo-
rieuse pour nous, l'époque où la foi fut intro-
duite en Bretagne par le terrible Clovis, qui
préféra traiter avec notre nation, incertain
qu'il était de la vaincre? La nouvelle religion,
en liant ses merveilles à celles de nos anciens
prêtres, dut encore ajouter aux nombreuses
superstitions de nos Armoricains. Bientôt
les génies et les saints se confondirent dans
leur esprit. Aussi tous les événements de la
vie leur semblaient-ils tenir à quelque chose
de surnaturel. Ils voyaient un esprit, un lutin
dans la couleur d'un chien, d'un loup, d'un
serpent. Tout était pour eux un phénomène;

mais ces phénomènes ne laissaient pas que
de les porter au bien.

« Le bruit éloigné d'une brouette, qu'ils
croyaient voir traînée par des squelettes,
était pour ces hommes simples l'annonce
de la mort. — Ils se mettaient en prières et
se repentaient de leurs fautes.

« Les petits hommes vivant sous terre qui
frappaient sur des bassins remplis d'or et
qui en donnaient seulement à ceux qui n'en
demandaient que pour leurs besoins réels,
leur enseignaient la modération.

« Les laveuses ou chanteuses de nuit qui
forçaient les passants à tordre leur linge,
leur indiquaient la charité.

« Et quand après le christianisme s'établit
la noble chevalerie, quel éclat ne répandit-
elle pas sur l'Armorique ! N'est-ce pas dans
l'île de *Sein* que naquit le grand Merlin, le
fondateur de la Table ronde? Les chevaliers
Tristan, Lancelot du Lac et Gauvain ne

sont-ils pas nos compatriotes ? n'ont-ils pas rempli le monde de leur renommée ? En vain l'esprit philosophique a voulu représenter nos chevaliers comme des brigands, nos prêtres comme des imposteurs, nos miracles comme des jongleries; sans chercher à prouver tous les faits avancés par nos vieux chroniqueurs, au moins est-il vrai de dire que les prêtres ont instruit les nobles, que les nobles ont défendu le peuple, et que le peuple a trouvé des consolations à ses peines dans cette mythologie du moyen âge qui fournit du moins un continuel aliment à son imagination.

« Tel est sur moi l'effet des souvenirs de cet ancien temps, que lorsque assistant à nos solennités religieuses, je me trouve sous d'élégantes ogives éclairées par le jour mystérieux de vitraux aux mille couleurs; lorsqu'un évêque à la mitre d'or, escorté *de chanoines de martre* et *d'enfants d'é-*

carlate, entonne du milieu d'un nuage d'encens les chants monotones et consacrés par
le pontife romain, mon imagination s'agran-
dit, et que, me reportant dans les siècles
passés, je crois entendre le bruit des trom-
pettes, je vois les massives portes du temple tourner sur leurs gonds d'airain à l'approche du valeureux châtelain de retour
de la croisade. Qu'il est beau ce noble *baron
de fer* (1), environné de ses hommes d'ar-
mes ! qu'il est vénérable ce front couvert
de cicatrices qu'il humilie devant le Dieu
de ses pères ! — Les cérémonies terminées,
je le suis jusqu'au pied de ses tourelles
noircies par le temps. Le nain sonne du
cor, le pont-levis s'abaisse ; la châtelaine,
précédée de ses écuyers et de ses varlets,

---

(1) **On a cru indispensable de souligner toutes les expressions nouvelles qui se trouvent dans la bouche du
jeune romantique. (** *Note de l'Éditeur.***)**

l'attend sur le perron : tout s'émeut à son approche, tout s'anime dans le manoir. O l'heureux temps que celui de la chevalerie ! Voyez-vous cette noble famille autour du vaste foyer ? Mais le beffroi se fait entendre ; c'est un étranger, c'est un chevalier portant en croupe gente damoiselle, et venant à travers bois et forêts demander l'hospitalité. De la présence des nouveaux hôtes naissent contes joyeux, jolis devis et chansons d'amourette ; car on aimait bien autrefois. « Ne point aimer n'étoit qu'un long mourir », disait-on alors. Enfin, quel que soit le raisonner de nos savants, les épigrammes de nos gens d'esprit, les impiétés de nos philosophes, je ne vois rien au-dessus des mœurs tout à la fois naïves et guerrières des hommes de notre bon vieux temps. »

A cette réplique d'Ernest, prononcée avec toute la chaleur d'un enthousiaste, il s'éleva parmi nos dames, qui croyaient

11.

appartenir plus ou moins à l'ancienne chevalerie, un murmure flatteur d'approbation
qui rendit ma situation bien pénible. En
effet, en supposant que j'eusse montré un
instant le désir de paraître savante, était-ce
donc à lui à me faire sentir mes torts? J'étais
dans un tel trouble que je n'osais plus lever
les yeux sur personne. Cependant un jeune
lieutenant avec lequel j'avais dansé plusieurs fois la veille, et qui m'avait fait une
cour très-assidue, entreprit de défendre
mes opinions philosophiques.

« Permettez-moi, monsieur de Beaumanoir, lui dit-il avec beaucoup de politesse,
de répondre à votre romantique tableau
de la Bretagne. Vous êtes trop partisan
des temps de l'ancienne chevalerie pour me
refuser l'honneur de rompre une lance avec
vous. Vous pouvez d'autant moins vous y
refuser, que la personne vaincue est une
femme, et qu'il est du devoir de tout

courtois chevalier de prendre sa défense.

« Je ne contesterai point d'abord l'existence de vos druides et l'antiquité des Armoricains. Ils peuvent avoir conservé, comme tous les peuples qui descendent ou qui croient descendre des Celtes, le souvenir des fables de leur première religion : mais ce que je contesterai, ce sont ces prétendus miracles de saints ; ce que je condamnerai tout-à-fait, c'est que tels ou tels lieux soient restés consacrés par l'ignorance et la superstition à de ridicules cérémonies. Toutes ces croyances et ces usages, loin d'être utiles au peuple, ont prolongé son enfance et nui au développement de ses facultés. Je contesterai de même cet avantage de la féodalité que vous nous avez représentée si brillante et si utile. Je commencerai par ces barons de fer, comme vous les appelez. Quel bien ont-ils fait au peuple, si ce n'est de le dépouiller du fruit de ses travaux par des péages et des cor-

vées ? Quelque chose appartenait-il en propre à un vassal? Non, pas même sa vie.
Ces gentils chevaliers, si courtois pour les
dames de haut lignage, ne se faisaient faute
d'enlever par force rose d'amour à gente
pucelle, et si le père croyait devoir s'y opposer, gentiment ils lui prouvaient qu'il
avait tort, en l'assommant. Que font au
bonheur des peuples vos tourelles si pittoresques dans vos descriptions, dans vos
tableaux, dans vos poèmes, et vos châte-
laines courant le pays comme des aventu-
rières? Et tous ces grands chevaliers, ces pa-
ladins si renommés, pourquoi se battaient-
ils entre eux, si ce n'est pour leur propre
cause ? Le plus souvent il s'agissait dans leurs
querelles, de rapt, de violences exercées entre voisins. S'ils contribuaient à décorer les
autels de leurs riches présents, c'est qu'ils
trouvaient dans l'indulgence des prêtres
l'absolution de tous leurs crimes. Ces prêtres, non contents de percevoir des dîmes

qui ruinaient les cultivateurs, savaient encore extorquer le peu qui restait à ces malheureux. Tantôt ils frappaient leur imagination par les peines du purgatoire, que
l'on ne pouvait éviter qu'en payant. Venaient ensuite les saints, les vierges et leurs
miracles qui étaient autant de piéges ten-
dus à la crédulité et à l'ignorance ; et toutes
ces sottises, qui produisaient de l'argent,
n'étaient créées que pour le plus grand bé-
néfice de l'église.

« Sans être né en Bretagne, je l'ai parcou-
rue tout entière. Il n'est pas un coin du
Léonais ou de la Cornouaille dont je n'aie
visité les *Pardons* (1), et j'ai vu malheureusement que, de toutes les absurdités qui
affligent l'humanité, il n'est pas un lieu
en France où l'on en trouve de plus ridicules
qu'en ce pays. C'est le rendez-vous général

---

(1) Nom que l'on donne aux fontaines ou aux chapelles
consacrées à des vierges ou à quelques saints.

des plus sottes et des plus dangereuses superstitions.

« Il n'est pas un bourg, un village dans la
Bretagne qui n'ait sa vierge ou son martyr,
et il n'est pas un saint qui n'ait été fêté par
cela même qu'il s'est montré stupide en faisant de stupides miracles.

« Ici c'est un *saint Jean du Doigt.* — Ce
doigt d'un martyr, échappé au bûcher, dans
la Syrie, pour arriver plus commodément
en Bretagne, se loge dans le poignet d'un
jeune homme qui revenait dans son pays.
Il ne s'aperçoit du trésor qu'il a dans sa
manche qu'au moment où les cloches son-
nent à son approche, et que les arbres lui
font la révérence. Il se repose près d'une
fontaine, et là on bâtit une église pour son
petit doigt.

« *Saint Houardon*, qu'on m'a dit être le
patron de Landernau, ne vous vient-il pas
de l'Écosse, et, pour vous voir plus vite,
n'a-t-il pas traversé la mer sur un rocher?

« *Saint Guénolé* n'a-t-il pas fait retrouver l'œil de sa sœur qu'une oie avait avalé?

« N'avez-vous pas le collier de fer de *saint Sané* qui étrangle les parjures, et n'a-t-il pas une fontaine qui accorde aux marins des vents favorables pourvu qu'ils achètent de son eau?

« Ne fêtez-vous pas *saint Ferrier,* qui s'aperçoit, en disant la messe, qu'il a oublié son parapluie à Rome, et qui court le chercher sans pour cela quitter l'autel?

« La cheville de *saint Guignolet* est connue de tout le monde, et vos Bretonnes y vont encore en râper quelques parcelles pour obtenir la fécondité.

« *Saint Renand,* pour se rendre plus aimable, s'amusait à se transformer en bête brute.

« *Saint Efflâme,* qui aimait la bonne chère, prit un ange pour cuisinier.

« *Saint Malo* contraignit un loup qui avait

mangé l'âne d'un pauvre homme à faire son service.

« Je ne finirais pas s'il me fallait vous rapporter toutes les inepties qui sont devenues les croyances de vos paysans.

« Ils croient à des cheveux qu'on souffle dans l'air et qui se transforment en animaux ;

« Aux follets qui enlèvent la crème de leur lait ;

« A la main coupée de *saint Médard* qui repousse comme une patte d'écrevisse ;

« Aux chemises trempées dans les fontaines saintes, et dont ils se couvrent pour se guérir de la fièvre.

« Ils croient, enfin, que les âmes des morts résident dans les ordures de leurs habitations, et c'est à cause de cela qu'ils se gardent de les balayer.

« C'est pourtant à toutes ces sottises que les ont conduits leur ignorance et l'adresse de vos prêtres. Et vous osez blâmer les philosophes du bien qu'ils sont certains de leur faire en les éclairant. Ah! si leurs leçons avaient pu pénétrer parmi vos sauvages, plus éloignés de la civilisation que ne le sont les habitants du Caucase, ils ne vivraient pas, comme ils le font, en commun avec les animaux les plus immondes. Grâce à la fertilité de leur sol, ils auraient une nourriture plus sainè. Moins avides de prières, de sermons et de miracles, ils seraient moins paresseux, et le temps qu'ils donnent à leurs nombreux *pardons* serait mieux employé à défricher leur terre. Oui, je le soutiens, si chaque seigneur de son village, au lieu de trancher du gentilhomme dans sa bicoque, de fouetter le lièvre et de s'enivrer le soir, donnait l'exemple du travail et de la propreté, vous verriez bientôt ces Bretons si engourdis devenir industrieux et féconder une terre qui ne demande qu'à produire. N'ont-ils donc pas tout ce qu'il faut pour devenir heureux ? Favorisés par la nature, ils ont tout en partage, les richesses de la mer, la fécondité de la terre, un climat doux qui produit au milieu des landes les plus belles fleurs et les plus beaux fruits : que leur manque-t-il, enfin ? Quelque peu de cette philosophie qui vous semble si méprisable et qui seule doit finir par détruire, dans le monde entier, toutes les sottises religieuses et féodales. »

Voyant qu'Ernest se préparait à lui répliquer, et que déjà il prenait la parole avec une certaine chaleur, je craignis que cette discussion ne devînt une querelle. Saisissant alors la main d'une de mes compagnes, je proposai de chanter une ronde. Ma gaîté, quoique feinte, trompa tout le monde, et nous fit atteindre joyeusement l'heure à laquelle nos militaires devaient nous quitter pour retourner à Lorient.

En rentrant chez moi, je trouvai une
lettre de l'une de mes amies, mariée à un
gentilhomme breton, qui habitait à quatre
lieues de Quimperlé. Par sa lettre, elle
m'invitait à la noce de la fille d'un riche cul-
tivateur de son canton. Cette noce devait
se faire en partie au château de mon amie
et en partie chez un autre gentilhomme de
son voisinage. D'après ce qu'elle m'écrivait,
il devait s'y trouver beaucoup de monde ;
et toutes les dames qui y étaient invitées
devaient prendre, par coquetterie, le costume élégant des paysannes du canton. Elle
ajoutait que je n'avais aucun besoin de
m'occuper de mon habit, puisqu'elle pouvait disposer d'un qui m'irait parfaitement ;
enfin, elle m'annonçait tous les plaisirs qui
accompagnent les noces de village, lesquelles
durent trois jours et où toutes les cérémonies
qui précèdent le mariage forment autant
d'amusements.

Je fus enchantée de cette invitation qui allait me distraire au moins des chagrins que m'avait causés la conduite d'Ernest à mon égard. Je ne pouvais me rappeler sans un dépit extrême le petit échec qu'il avait fait subir à mon amour-propre dans notre promenade du bois de l'abbaye. Aussi quelque penchant que je me sentisse déjà pour lui, je résolus bien d'effacer tout-à-fait de mon cœur un ingrat qui avait pu oublier les serments qu'il m'avait faits.

Après avoir fait part de ma lettre à la dame chez laquelle je demeurais, je partis pour le canton de *Scaer* sous la direction d'un voiturier qui a la confiance de tous les habitants de la ville. J'arrivai d'assez bonne heure au manoir de mon amie qui, après les premières amitiés, s'empressa de me montrer le joli costume que je devais avoir.

Ces détails sans doute, Monsieur, vous paraissent minutieux ; car il faut être femme pour connaître l'importance que nous attachons à une bagatelle qui doit servir à notre parure. J'en appelle à toutes les personnes de mon sexe. Elles vous diront que l'arrangement ou la couleur de tel ou tel ruban peut alimenter, trois ou quatre heures, la conversation de plusieurs femmes réunies. De notre part, c'est sans doute une faiblesse, un défaut; mais vous, messieurs les hommes, ne devez pas vous en plaindre, puisque toutes nos grandes discussions n'ont qu'un seul but, celui de vous plaire. « — Ou peut-être de blesser la vanité de vos rivales en beauté, en voulant paraître les surpasser par le goût et l'élégance. » (Je dis ces mots d'un ton très-malicieux, car quelquefois je suis très-malin.)

—Ah! Monsieur, quelle expérience vous avez du cœur des femmes! On n'est vraiment pas en sûreté avec vous. Enfin, quel que fût le motif qui nous fît mettre tant de

soins à nos parures du lendemain, pourtant
est-il vrai de dire que, bien que nous les eussions essayées de mille et mille manières,
nous ne fîmes point attendre les convives,
qui s'étaient réunis au salon pour le souper.
Ce repas fut très-gai. On ne parla que des
plaisirs que l'on se promettait à la noce. On
s'occupa ensuite du voyage du lendemain.
Comme dans ce pays-là les voitures ne sauraient être en usage dans des chemins de
traverse qui sont impràticables, il fut décidé que chacun de nos cavaliers, comme
au beau temps de la chevalerie, prendrait
une dame en croupe. Plusieurs des convives
qui me voyaient pour la première fois, sé-
duits par ma jeunesse et ma gaîté, récla-
mèrent l'honneur d'être mon chevalier. —
« Non, non, dit la maîtresse de la maison, je
lui en réserve un qui vaut mieux que vous
tous, et Juliette me saura quelque gré de
mon choix. » Les choses en restèrent là ; et

comme la soirée était déjà très-avancée, chacun se retira dans son appartement, après être convenu de l'heure du départ.

Je dormis la nuit parfaitement. Le souvenir d'Ernest ne vint point troubler mon sommeil, et si j'y songeai un moment en m'habillant le matin, c'était pour m'applaudir de ce que l'impression qu'il avait faite sur moi, ne serait point durable. Je donnai même une pensée à Gustave qui me fut inspirée par la vue de sa bague que j'avais mise au nombre des petits bijoux qui devaient servir à ma parure. Le souvenir de Gustave m'occupa bien peu de temps, car on vint m'avertir que l'on m'attendait.

Je descendis promptement, et en arrivant dans la cour, je trouvai tout le monde en disposition de partir. Sur chacun des chevaux déjà montés par les hommes, on asseyait une dame sur le petit coussinet fait à la mode du pays, de façon que pour y être solidement placée, elle était obligée de passer son bras droit autour du corps de son cavalier. Cette manière de voyager n'est aucunement fatigante pour la femme, et a même de la grâce quand le cheval et le cavalier ont des formes élégantes. Je riais de la petite confusion qu'entraînent de semblables préparatifs, et surtout de la bégueulerie d'une vieille fille qui craignait de montrer ses jambes, quand mon amie vint me prendre par le bras, en me disant : Allons, Juliette, à cheval; votre cavalier vous attend. Je la suis en courant, j'arrive près de la barrière sur laquelle je devais monter pour m'asseoir sur le coussinet; mais au moment où je m'élançais, mon cavalier tourne la tête, et je reconnais Ernest. Sa vue produisit sur moi un tel effet que s'il n'eût saisi ma main et placé vivement mon bras autour de son corps, je crois que je serais tombée à la renverse de l'autre côté. On partit, et le mouvement du cheval, en me rappelant ma position, me força à songer à moi-même.

Comme nous étions les derniers de la cavalcade, Ernest pouvait facilement me parler, et cependant, ainsi que moi, il gardait le plus profond silence. Seulement sous la main dont le bras environnait le corps de mon cavalier, je sentais son cœur qui battait avec violence. Le mien n'était pas plus tranquille ; mais mon émotion tenait un peu de la colère. Quoi ! me disais-je intérieurement, je fais tout pour éviter cet homme cruel ; et au moment où je commence à recouvrer un peu de tranquillité, je me trouve près de lui, mon corps touchant le sien et ma main sur son cœur.—Oh ! il me l'a dit, qu'il serait mon ombre, que je lui appartenais, que notre sort était écrit dans le ciel, que je ne pourrais lui échapper. Est-ce un homme ! est-ce un démon ! Comme le chemin devenait de plus en plus mauvais, et que la société était forcée de se diviser pour choisir le sentier qui paraissait le meilleur, Ernest prit un chemin à travers des bruyères qu'il paraissait connaître. Nous marchâmes ainsi long-temps sans rien dire; mais je sentais aux battements de son cœur et à sa respiration oppressée qu'il était vivement agité. Enfin il rompit le silence.

« Il me semble, mademoiselle, que vous ne vous attendiez pas à me trouver chez M. de K***.

— Non, monsieur, j'étais bien loin de le penser, et si je l'avais su....

— Vous ne vous fussiez pas rendue à l'invitation de votre amie?

— Peut-être bien. Mais comment pouvais-je m'attendre à vous rencontrer là !

— Vous eussiez pu le deviner, si vous aviez su qu'une partie de mes biens est située dans ce canton.

— Je n'ai pas l'honneur de vous connaître assez pour savoir tous ces détails.

— Il est vrai que tout ce qui me touche vous intéresse bien peu.

— Ce n'est pas au moins sur la situation de vos biens qu'a pu se fixer mon intérêt. (Ici il changea de ton de voix.)

— Le chemin est bien mauvais. Pressez-vous bien contre moi. Il ne faudrait qu'un faux mouvement du cheval pour vous faire tomber.

—En effet, il faut prendre ses précautions avec vous; car vous savez mieux que personne combien je suis facile à démonter.

— Vous me rappelez mes torts; mais vous vous taisez sur leur cause. Me laisser passer plusieurs nuits à vous attendre...

—Vous avais-je promis de paraître à cet étrange rendez-vous? Devais-je me compromettre pour satisfaire le caprice d'un homme qui se croit le droit de m'outrager?

— Vous appelez un outrage l'impulsion irrésistible qui me portait vers vous. Que peut la raison contre la force du sentiment qui m'entraîne? Dès que je vous ai vue, je me suis dit : voilà la femme qui partagera ma destinée à venir. Elle m'appartient comme le ciel appartient aux anges. » Tout en disant ces mots, il pressait la main que j'avais sur son cœur; et comme il appuyait très-fortement, la bague de Gustave me causa une légère douleur qui me rappela à moi-même. Quoi! me dis-je tout bas, c'est sous l'anneau qui doit me rappeler que mes engagements sont sacrés, que je sens battre le cœur d'Ernest. Oh! j'ai tort, et cependant est-ce ma faute! Puis après, émue par une autre idée, ma position finissait par me paraître singulière et même plaisante. Je mettais en opposition la sécurité d'un homme froid et raisonnable avec l'ardeur de son ami qui, dans l'espace de trois ou quatre entrevues, s'était acquis en dépit de tous les obstacles et de moi-même presque tous les droits d'un amant heureux.

Il me serait trop long de vous raconter tout ce qu'il me dit de tendre et d'aimable. Je ne devais attribuer sa mauvaise humeur qu'à la jalousie. Il convenait qu'au bal il avait voulu piquer mon amour-propre afin de savoir s'il avait acquis quelque pouvoir sur moi ; mais qu'il avait été bien puni de cette épreuve par le désir de plaire que j'avais montré au jeune lieutenant qui, le lendemain, se fit mon défenseur. Il ajouta que les mots piquants qui lui étaient échappés lors de notre savante discussion, ne venaient de même que du dépit de savoir que Gustave avait été mon instituteur. Il l'avait reconnu à l'exactitude de mes citations. On savait si bien que Gustave possédait ce genre de mérite, que ses camarades de collége l'appelaient l'*homme aux dates ;* et, en effet, je me rappelai qu'il m'avait dit souvent que l'on ne savait rien dès que l'on ne pouvait pas citer l'époque et le lieu où s'était passé le fait que l'on racontait.

Tout en causant, nous chèminions, et tout en cheminant, il me pressait, il me baisait la seule main qu'il eût en son pouvoir. Il y mettait même un tel feu que, plus d'une fois, je fus contrainte de lui dire : « Mais, M. Ernest, songez donc à votre cheval. Vous nous ferez casser le cou. » — On dit qu'un jeune homme et une jeune femme qui ne se seraient jamais vus et qui voyageraient seuls, dans la même voiture, pendant quelques jours, finiraient, au bout du voyage, par être tout-à-fait amants. Je ne contesterai point cet *on dit*, car j'ai éprouvé par moi-même que, pour être à cheval, le cœur n'en est pas plus en sûreté. Si j'étais privée de voir le visage d'Ernest,

quoiqu'il tournât souvent la tête, je sentais
le moindre de ses mouvements; et lorsque
le cheval changeait d'allure, je me croyais
obligée, par une peur qui me faisait beaucoup de plaisir, de presser contre mon sein
l'ingrat qui naguère m'avait humiliée.

Nous eûmes bientôt rejoint la société que
nous voyions de loin dans la plaine. Quelque fatigant que, dans toute autre circonstance, m'eût semblé ce voyage, ce jour-là,
il me parut charmant. J'aurais voyagé sur
les bords des précipices, comme on le fait
en Suisse, que je ne m'en serais pas inquié-
tée. J'étais près d'Ernest, mon bras entou-
rait sa taille; dès qu'il me regardait, je res-
pirais son souffle...... Pouvais-je être plus
heureuse, et quelque danger pouvait-il m'effrayer !

Nous nous rendîmes tous, avec les amis
du futur, faire la demande en mariage de
la jeune fille qui était déjà tout accordée...

Ces bonnes gens, se conformant à un usage
dont on ne connaît pas l'origine et qui appartient à un temps bien reculé, se rendirent
devant la porte de la prétendue et deman-
dèrent, par l'organe de l'un des poètes du
pays, qu'on livrât au jeune homme la jeune
fille qu'il aimait. Le poète de la jeune fille,
car chacun des deux amants a le sien, répondit qu'elle ne voulait point se marier
et qu'elle voulait consacrer sa virginité au
culte des autels. Tout ce dialogue avait lieu
en vers bas-bretons, qui n'étaient dénués
ni de pensées, ni d'harmonie. Comme le
poète de l'amant insistait, on lui présenta
une vieille femme qu'il repoussa avec un
compliment sur sa vie passée. On fit venir
ensuite une veuve à laquelle il dit qu'il était
facile de s'apercevoir qu'elle était une rose
épanouie. Une troisième arriva, c'était une
petite fille de dix ans. Notre poète lui continua ses compliments, en l'assurant qu'elle

serait un jour l'objet d'une pareille demande, parce qu'elle était fort gentille. —
Après tous ces refus, l'autre poète prit la
parole pour louer son confrère sur sa persévérance. Il convint qu'elle méritait une
récompense, et il fit paraître alors la jeune
fille que notre amoureux attendait avec tant
d'impatience. Au moment où, parée de tous
ses beaux atours, la fiancée s'avança vers
l'entrée de la maison, son amant s'élança,
la prit dans ses bras et lui fit sauter le seuil
de la porte aux acclamations joyeuses de
tous les parents et de la société.

Cette cérémonie est très-gaie, parce que
les poètes ajoutent toujours quelques allu-
sions plaisantes qui ont rapport à la vie des
futurs et aux grands événements du pays.
Pendant tous ces jeux, je tenais le bras
d'Ernest qui, en pressant le mien, me jetait
des regards pleins d'amour. Au moment où
la mariée fut enlevée de la maison, il me

dit en riant : « Avant peu, je vous ferai aussi
sauter le pas, car j'ai écrit à mon oncle que
je n'aurais jamais d'autre femme que vous. »
— Sans trop savoir ce que je faisais, je
pressai son bras à mon tour; mais mes
yeux se portant soudain sur la bague de
Gustave, il m'échappa un soupir, et je ne
pus m'empêcher de lui dire, en baissant
les yeux : « Ernest, j'ai d'autres engagements. — Il n'en est point, me répondit-il,
qui puissent mettre obstacle à mon amour.
Si j'ai des torts envers mon ami, j'en subi-
rai toutes les conséquences; mais vous m'ap-
partiendrez, vous ne pouvez être qu'à moi
seul, car vous m'aimez. » — Je n'eus pas la
force de lui dire *non*, et bientôt je tombai
dans une rêverie dont je ne fus tirée que
par le bruit de nombreuses voix qui nous
appelaient à la table des mariés.

Je ne décrirai point cette fête qui dura
trois jours. Il est d'usage dans le pays que

le mari ne doit être en possession de sa femme qu'après ce temps. Le premier jour de la noce appartient de droit au patron du mari, et le second à la Sainte Vierge. Les moyens qu'on emploie pour soustraire la jeune femme aux poursuites du mari, forment des jeux qui sont souvent troublés par des accidents. Tantôt on l'enlève à cheval, et son escorte la défend contre les entreprises des amis du jeune homme. Pour éviter ces accidents, le seigneur s'empare souvent de la mariée et la conduit à son manoir, où il régale tout le monde. C'est ce qui fut exécuté, et nous arrivâmes chez mon amie, où l'on passa la nuit à rire et à danser.

Je n'ai pas besoin de dire qu'Ernest ne me quitta pas un seul instant. A table, il faisait le charme de la société par ses reparties aimables ou ses mots plaisants. Tantôt il nous chantait de gais refrains de sa composition, et tantôt il nous débitait les plus beaux vers de nos poètes modernes. L'astre des nuits qui nous éclairait lui fournit l'occasion de nous faire connaître des stances admirables. Vous m'avez dit, Monsieur, que vous aimiez la poésie. Ainsi je ne crains point de vous les répéter. Je ne les ai pourtant entendues qu'une seule fois, et cependant je me les rappelle parfaitement. Ce ne sont point de ces vers qu'on oublie.

BALLADE A LA LUNE.

C'était dans la nuit brune,
Sur le clocher jauni,
    La lune,
Comme un point sur un i.

Lune, quel esprit sombre
Promène au bout d'un fil,
    Dans l'ombre,
Ta face et ton profil?

Es-tu l'œil du ciel borgne?
Quel chérubin cafard
   Nous lorgne,
Sous ton masque blafard?

N'es-tu rien qu'une boule,
Qu'un grand faucheux bien gras,
   Qui roule,
Sans pattes et sans bras?

Qui t'avait éborgnée
L'autre nuit? T'étais-tu
   Cognée
A quelque arbre pointu?

— Très-bien, Madame. Je connais ces beaux vers. Leur réputation est maintenant européenne; ils serviront un jour à constater cette belle époque de notre poésie moderne.

Cependant ce genre n'est pas tout-à-fait nouveau; il rappelle quatre vers d'un ancien poète qui pourraient bien avoir

inspiré l'auteur de votre ballade ; les
voici :

> L'autre jour, en un bois , le berger Tircis qui
> Endure de Philis les rigueurs inhumaines,
> Lui faisait une longue ky
> Rielle de ses peines.

Mais de grâce laissons là les vers et daignez continuer.

— Pendant ces trois journées, qui furent
pour moi trois jours de délices, sans avoir
dit à Ernest que je consentais à l'accepter
pour époux, je me conduisis avec lui comme s'il devait l'être. Il y avait dans toutes
ses manières et dans sa conversation un
charme irrésistible auquel il m'était impossible de ne pas céder.

Enfin, le temps de notre séparation arriva.
La femme d'un vieux gentilhomme de nos
environs se chargea de me ramener à Quimperlé. Mes adieux avec Ernest furent très-

tendres. Il me prévint, en partant, qu'il serait quelque temps sans me revoir, parce qu'il comptait faire un voyage du côté de Hennebon. Il avait, m'assurait-il, des terres près de Carnac qui demandaient sa surveillance. »
—Moi, je n'ai pas de terre près de Carnac, lui dis-je en riant; mais j'y ai une bonne tante qui, depuis plusieurs mois, me prie d'aller la voir. — Oh! allez-y, me répondit-il avec feu, vous mettriez le comble à mon bonheur, si je vous savais dans mon voisinage. En dépit de toutes les tantes du monde, je parviendrais bien à vous voir. — Mon cher Ernest, lui dis-je encore, je dois craindre de me trouver avec vous. Vous ne mettez point de bornes aux preuves de votre amour, et j'en dois mettre à ma faiblesse. »
Après ces mots, nous nous séparâmes tous les deux très-satisfaits l'un de l'autre, avec l'espoir prochain de nous revoir.

Il se passa quinze jours sans que j'entendisse parler d'Ernest; mais un soir, dans ma société, il se trouva plusieurs hommes graves qui causaient avec chaleur des événements politiques. L'un dit aux autres : « Je vous assure que tous les seigneurs du Morbihan se disposent à armer leurs paysans, et qu'ils se sont déjà réunis dans plusieurs châteaux du département pour aviser aux moyens de commencer la guerre. On m'a même dit à ce sujet que le fils de Beaumanoir, dont le père a rendu tant de services à la bonne cause, est entré dans l'association et vend même en ce moment l'une de ses terres pour se procurer de l'argent afin d'armer tous ses paysans. C'est, dit-on, un jeune homme rempli d'ardeur, et dont l'enthousiasme va jusqu'au délire. On doit lui donner le commandement de cinq ou six paroisses. » — Quand j'entendis ces paroles, ma pâleur devint extrême et frappa tout le monde. J'en donnai pour raison une subite incommodité, ce qui me fournit l'occasion de quitter tout de suite la compagnie.

Arrivée chez moi, je ne songeai plus qu'à la nouvelle que je venais d'apprendre. Ernest chef de chouans ! cette idée me poursuivit toute la nuit. Au reste, ce parti qu'il venait d'adopter me paraissait une suite naturelle de son caractère. Vif, enthousiaste, adroit à tous les exercices du corps, il devait saisir avec empressement tout ce qui pouvait servir à développer sa grande énergie. Quant aux conséquences de son projet, j'étais certaine qu'il n'y avait pas même songé un seul instant. Ses amis lui auront dit que, descendant de l'une des plus anciennes familles de la Bretagne, il devait en soutenir le nom, que son père lui avait laissé son exemple à suivre. Toutes ces grandes considérations auront monté sa tête, et comme ses idées politiques ne sont peut-être pas encore arrêtées, il aura

13.

trouvé convenable de défendre une cause à
laquelle il se trouve attaché par sa naissance. Il n'aura pas réfléchi que les temps
ne sont pas les mêmes, et que la justice et
l'humanité lui traçaient un autre devoir.
Ah ! si, comme moi, il eût assisté aux entretiens dont cent fois chez mon père on
attrista mon enfance, il saurait quels sont
les chagrins qui l'attendent et quel est le
sort qui lui est peut-être réservé.

Ces craintes m'échauffant la tête et le
cœur, je pris la résolution de l'enlever au
péril qui le menaçait. Je pouvais me rapprocher de lui, en allant voir ma tante, qui
habitait dans les environs de Carnac. Ma
résolution prise, je ne tardai pas de la
mettre à exécution. Il me suffit pour cela de
montrer la lettre de ma tante à la personne
chez laquelle je demeurais. Et comme la dili-
gence de Vannes me mettait tout près du lieu
où je devais me rendre, j'y pris une place.

dès le lendemain, et je quittai Quimperlé
après avoir dit adieu à toutes mes amies.

En arrivant chez ma tante, la première
chose que je fis fut de m'informer de M. de
Beaumanoir. J'eus bientôt su, par un fermier de l'endroit, quel était le château
qu'Ernest habitait. Je lui envoyai un exprès
pour le prévenir que, le surlendemain, j'i-
rais visiter, accompagnée d'un seul domestique, les nombreuses pierres druidiques
de Carnac, qui étaient à peine à une demi-
lieue de ma demeure, et que je l'y atten-
drais depuis deux heures jusqu'à six...
Bien certaine qu'il avait reçu mon message,
je sortis pour aller au rendez-vous que je
lui avais indiqué. En l'attendant j'admirais
ces longues rues de pierre dont le nombre
et la hauteur m'intéressaient beaucoup. Le
domestique qui m'accompagnait voulut me
les expliquer à sa manière. Il m'assura que
des sorciers seuls avaient pu transporter

et planter dans le sable ces masses de
pierre que sans le secours du sortilége
aucun pouvoir humain n'aurait pu ébran-
ler...(1) Il allait débiter à ce sujet toutes les
fables ridicules qui courent le pays, lorsque de très-loin j'aperçus Ernest qui avait
l'air de me chercher. J'eus bientôt congé-
dié mon cicérone avec une petite pièce
d'argent que, selon l'usage de ses pareils,
il s'empressa d'aller boire au cabaret du
village.

---

(1) *Çarnac* signifie ville de pierres. Aucun de nos savants antiquaires n'a pu expliquer la cause qui a rassem-
blé autant de monuments alignés avec symétrie et à peine
éloignés les uns des autres de trois toises. Les uns y voient
des tombeaux ou des pierres fédératives, monuments
d'anciens traités entre des nations. Le peuple seul, tant en
Angleterre qu'en Bretagne, les croit élevés par l'enchanteur Merlin, ce qui tranche toutes les difficultés et met
d'accord tous les savants.(*Note de l'éditeur.*)

Je ne tardai pas à rejoindre Ernest, qui m'accueillit avec le plus vif empressement.

— Que je suis heureux, me dit-il, que vous ayez consenti à vous rapprocher de moi! Au milieu des travaux qui m'occupent en ce moment, je pourrai vous voir quelquefois.

— Malgré tout le plaisir que j'éprouve à vous rencontrer ici, mon cher Ernest, un autre motif m'a engagée à vous donner ce rendez-vous.

— Pourquoi donc prenez-vous avec moi ce ton solennel, quand vous savez que mon amour...

— Oh! l'amour vous occupe bien peu dans ce moment : c'est l'ambition seule qui agite votre vie.

— Que voulez-vous dire, chère Juliette? jamais je ne vous aimai davantage.

— Je veux dire que vous assistez à toutes les réunions des chefs qui veulent, en levant l'étendard de la révolte, nous rendre toutes les horreurs de la guerre civile.

— Comment savez-vous cela?

— Peu vous importe comment j'ai appris cette nouvelle, mais le fait est-il vrai, ou ne l'est-il pas?

— Je suis trop franc, Juliette, pour vous taire un secret que je regrette pourtant bien que vous sachiez. Mais je ne sais point mentir à la femme adorable à qui je veux confier le bonheur de ma vie.

— Et vous croyez que vous avez pris le bon chemin pour parvenir à me plaire?

— Au moins en est-ce un qui peut me conduire à la gloire. Depuis long-temps je languis dans une oisiveté qui m'est insupportable. Je veux enfin sortir de la classe commune ; et puisqu'une route m'est ouverte, je veux m'y précipiter avec toute l'ardeur de mon âge et le désir que j'ai de parvenir. D'ailleurs le but que moi et

mes amis nous nous proposons est noble,
élevé, digne de nous, de tous les cœurs
généreux. Protéger un faible enfant qu'on
déshérite, combattre pour lui rendre le
trône qu'on lui enlève...

— Et à qui donc appartient ce trône
dont vous faites sa propriété ? En sommes-
nous donc encore au temps où l'on croyait
qu'un roi tenait son pouvoir de Dieu seul ?
Non, qui que ce soit au monde ne peut
jamais le tenir que de la volonté d'une
nation ; et dès qu'il plaît à cette nation
d'en dépouiller le possesseur, on devient
rebelle dès qu'on cherche à lui rendre une
couronne à laquelle il n'a plus de droits.

— Vous êtes bien aimable, ma chère Juliette, mais vous entendez peu de chose à
la politique. Ne savez-vous donc pas que
toutes les causes sont bonnes à soutenir, et
que la justice et la raison se trouvent toujours du parti qui triomphe.

— En admettant votre raisonnement, le parti qui succombe doit avoir toujours tort ; et quand il s'expose sans avoir même une chance de succès, vous conviendrez aussi qu'il cesse d'être un parti et qu'il n'offre plus qu'un amas de rebelles que la loi punit de mort.

— Si tel est le sort qui m'est préparé, il y a au moins quelque grandeur d'ame à tenter une entreprise qui me laisse peu de chances de succès.

— Il y a de la folie à faire le malheur de sa vie entière et celui des personnes qui nous aiment pour ne conquérir pour prix de tant d'efforts que le titre de brigand et d'assassin.

— De brigand ! d'assassin ! dit Ernest tout troublé.

— Mais c'est le seul titre qu'on vous donne et que vous méritez.

— Que nous méritons !

— Oui, de l'aveu même de ceux qui ont fait cet infâme métier. Tous nos vieux gentilshommes retirés dans leur castel étaient presque tous les amis de mon père, qui a dissipé une grande fortune pour les recevoir noblement. J'étais alors très-enfant, et leurs discours que j'écoutais avec avidité et qui roulaient presque toujours sur la chouanerie, me faisaient horreur. Que de fois ne les ai-je pas entendus nous citer comme une belle action celle où, tapis derrière une haie, ils pouvaient découvrir un *bleu* et le tuer comme un lièvre. D'autres racontaient froidement qu'avec quelques chouans ils avaient surpris un poste de militaires endormis, et qu'ils les avaient tous égorgés sans pitié. Vous me direz peut-être que le genre de guerre que nécessite le pays n'admet pas d'autre héroïsme, et que les bleus traitaient également leurs ennemis avec cruauté. Et comment n'auraient-ils pas usé de représailles, puisqu'ils ne pouvaient se défendre des brigands qu'en les imitant?... Mais je suppose même qu'il y ait pour vous quelque chance de succès dans la guerre que vous voulez entreprendre, songez-vous à la vie misérable qui vous attend ? Songez-vous à cette vie errante, à ces courses sans nombre, à cette fatigue de tous les moments, à ces besoins du corps sans cesse renaissants et que vous ne pourrez satisfaire ? Que de fois vous serez réduit à chercher quelques instants de sommeil dans une misérable hutte, sur une paille infecte. Et encore, ce sommeil pourrez-vous le goûter paisiblement ? Non, les agitations de la journée viendront le tourmenter de milles rêves effrayants. Le moindre bruit vous fera craindre une trahison ; pas un moment de repos ! toujours du sang, des crimes, des incendies, des assassinats ! Voilà la vie que

vous voulez mener et le bonheur que
vous préparez à la femme que vous dites
aimer. »

Comme je vis qu'il était très-ému, je redoublai de prières, de larmes, et, dans
un désordre qui était bien l'effet des sentiments qui m'agitaient, je me précipitai
à ses pieds, et lui pressant les mains, les
couvrant de mes pleurs qui coulaient en
abondance, je m'écriai : « O mon Ernest !
renonce à ce fatal projet, si tu ne veux me
voir mourir à tes pieds. »

Il ne put résister à cette action qui m'é-
tait inspirée par le trouble de mon cœur,
et me relevant avec précipitation, il me
pressa sur son sein, en baignant aussi mon
visage de ses larmes.

Tout ému qu'il était, il m'entraîna en me
disant : Venez, suivez-moi. Je vois quelques amateurs de nos antiquités qui s'ap-
prochent vers nous ; et j'ai trop de choses

à vous dire pour ne pas fuir les impor-
tuns... Sans trop savoir ce que je faisais,
je lui donnai le bras, et il me guida par
un sentier qui nous conduisit dans une
lande couverte de hauts genêts qui pouvaient nous dérober à tous les regards.
Nous arrivâmes enfin dans un lieu écarté,
où quelques arbres réunis au milieu de ces
bruyères formaient un bosquet charmant,
qui n'était ouvert que sur la mer, et qu'un
léger flot venait battre avec une agréable
monotonie. Des centaines de petites barques, éclairées par les rayons d'un soleil
couchant, nous offraient en perspective un
tableau ravissant.

Nous nous assîmes au pied de ces grands
arbres, et nous reprîmes la conversation
qui nous avait causé à tous deux la plus
grande émotion.

« — Croyez bien, ma chère Juliette, me
dit Ernest en me faisant une innocente ca-

resse, que je n'ai point été porté au parti extrême de m'armer contre l'ordre de choses actuel par un sentiment politique. Hélas! je le dis à ma honte, je n'ai point assez lu les écrivains célèbres qui ont traité les grandes questions qui agitent aujourd'hui tous les hommes, pour m'être fait une opinion. On m'a offert de la gloire à conquérir, et j'ai cru de mon devoir de me ranger sous des drapeaux. Peut-être ne me serais-je pas livré à mon enthousiasme, si une lettre affreuse que j'ai reçue de mon oncle et qui rompt tous mes projets de bonheur, ne m'eût pas engagé par une espèce de désespoir à adopter tous les plans de guerre de mes amis. Cependant aucun traité ne nous lie encore, et je puis me retirer de la conspiration sans manquer à l'honneur. »

A cette espérance qu'il me donnait, je ne fus plus maîtresse de moi-même. Ne pou-

vant contenir la joie que me donnait cette
nouvelle, je pressai Ernest contre mon
cœur... Puis , revenant bientôt à la raison : « — Quel motif donc a pu engager
votre oncle à vous écrire une lettre capable de vous porter à une pareille extrémité ?

—Le cruel me sépare de vous pour jamais ;
et dans quels termes encore ! J'ai sa lettre sur
moi : vous allez juger de la barbare originalité de cet homme, que je ne regarde plus
comme mon parent. On me l'avait bien
dépeint comme ayant à se plaindre des
hommes par les malheurs qu'ils lui avaient
fait éprouver ; mais je ne pouvais m'imaginer qu'on pût porter à ce point le cynisme de la misantropie. »

(Ici la belle dame s'interrompit, en me
disant qu'elle pouvait me donner connaissance de cette pièce, qui lui avait paru

si originale, qu'elle avait cru devoir, pour l'instruction de tous les neveux, en enrichir sa mémoire.

Dès qu'elle m'eut parlé d'une lettre de M. Dubocage, je devinai tout de suite quel devait en être le sujet.

LETTRE DE M. DUBOCAGE.

« Je me vois obligé de vous écrire pour la première et la dernière fois. Vous m'appelez votre oncle; c'est très-bien. Vous êtes en effet mon neveu, puisque vous êtes le fils de mon frère; mais je vous préviens d'avance que je ne tiens pas du tout à ma famille. Votre père et moi nous étions très-mal ensemble. Il aimait les prêtres et le roi; moi, j'aimais les philosophes et la liberté. Il défendit son opinion dans la Vendée, et moi la mienne à l'Assemblée constituante et à la Convention. Nous

14

échappâmes comme par miracle à la mort:
lui à Quiberon et moi à Paris. La terreur
cessa ; je pus me montrer. En cet instant on
vendait ses biens et je les achetai. Douze
ans après, il revint d'Angleterre avec un
bambin : ce bambin, c'était vous. Il voulut
me voir, je m'y refusai. Il m'écrivit que vous
étiez charmant : je lui répondis que cela
m'était tout-à-fait égal. Il n'avait plus le
sou : je lui rendis ses biens libres de toute
hypothèque. Il voulut me remercier de ce
qu'il appelait ma générosité : je le dispensai
de tout remercîment. Dans son émigration,
il avait fait une première sottise en épousant une Anglaise; peu de temps après son
retour en Bretagne, il en fit une seconde en
se remariant avec une Française : plus heureux que moi, il devint veuf; enfin il fit une
troisième sottise, et celle-là fut la dernière :
il se laissa mourir. Je ne portai point son
deuil, parce que je trouve qu'un homme

ne mérite pas la peine qu'on paraisse le regretter. La loi me forçait d'être votre tuteur, il me fallut bien accepter. Je ne me
suis pas beaucoup mêlé de votre éducation,
je me suis contenté de doubler votre fortune. Si vous avez appris, en raison de ce
qu'on a payé à vos maîtres pour vous instruire, vous devez en savoir bien long;
mais ce que vous ne savez pas, c'est que
toutes vos belles connaissances ne vous serviront qu'à faire ou à dire des sottises.
Quant à votre cœur, je ne sais pas ce
qu'il vaut : s'il est bon, tant pis pour vous;
s'il est mauvais, tant pis encore pour vous.
Mais tout cela doit peu vous inquiéter : les
hommes, si vous êtes assez riche pour vous
passer d'eux, vous prendront pour ce que
vous vous donnerez. D'ailleurs, vous pourrez toujours avoir toutes les grandes qualités qui font un vrai gentilhomme breton. Si
vous vous connaissez bien en chiens et en

chevaux, et si vous savez tirer un lièvre,
dans ce pays-là vous pourrez bien passer
pour un homme d'esprit. Surtout, comme
les autres nobles, ne manquez pas de vexer
vos paysans, de les envoyer à la corvée, en
dépit de la loi qui le défend. Vous me dites dans votre lettre que vous seriez heureux d'être auprès de moi : moi, je ne le
serais pas du tout en vivant auprès de vous.
Je sais que la loi vous fait mon héritier,
et qu'il est très-agréable de surveiller sa
fortune : mais c'est un embarras que je ne
veux pas vous donner. L'air de Paris ne
vous vaudrait rien. Pour peu que vous soyez
le fils de votre père, vous y auriez bientôt
vu la fin des deux cent mille francs que vous
possédez. Cependant, comme vous avez
en perspective une succession de quatre-
vingt mille francs de rente, je ne serais
pas étonné qu'il vous prît fantaisie de
venir visiter la capitale : libre à vous,

si le cœur vous en dit ; mais vous noterez sur vos tablettes que je ne paie les
dettes de personne, et que je me dispen-
serai très-bien de voir la figure de mon
héritier. N'oubliez donc pas, mon cher
neveu, que ma porte vous est fermée, et
qu'elle ne vous sera ouverte que le jour
de mon enterrement, que je retarderai le
plus que je pourrai.

« Je viens au dernier article de votre lettre, qui est le plus important. Vous désirez, dites-vous, vous marier : grand bien
vous fasse! Celle qui a fixé votre choix
est charmante : tant mieux pour elle, et
tant pis pour vous! Vous ajoutez qu'elle
est bonne : quelle est la fille qui se marie
qui ne l'est pas? qu'elle est pleine d'esprit : tant pis encore! car elle se moquera
de vous; qu'elle fera votre bonheur, et moi
j'ajouterai, celui de bien d'autres.

« Puisque vous n'attendez plus que mon

consentement pour faire la noce, vous l'attendrez bien long-temps, et je vous préviens même que si vous croyiez pouvoir vous en passer, vous me feriez prendre tellement le mariage en goût que je m'empresserais d'en faire une vingtaine d'autres, qui pourraient diablement écorner votre succession. Oui, mon cher neveu, aussitôt que j'apprendrai que vous vous serez marié sans ma permission; de votre fortune, je ferai celle de vingt filles de joie, qui épouseront à leur tour vingt imbéciles comme vous; et ces vingt filles, une fois bien mariées, seront tout aussi honnêtes femmes que la vôtre. Maintenant c'est à vous d'en user, si cela vous convient.

« Sur ce, mon bien honoré neveu, je vous baise les mains, et vous prie de croire aux sentiments de haine et de mépris que, depuis vingt-cinq ans, j'ai voués à la race humaine dont vous avez l'honneur de faire partie.

DUBOCAGE. »

Après la lecture de la lettre, je dis à mademoiselle de Pontriant que je retrouvais dans cette épître tout le caractère de M. Dubocage; mais que je croyais qu'il n'était pas aussi misantrope qu'il voulait le paraître.

Ernest qui ne le connaît pas, me répondit-elle, n'en eut pas moins raison de se désespérer; aussi continua-t-il de me peindre sa position fâcheuse. Voyant, me dit-il, quels étaient les obstacles que mon oncle opposait à mon mariage, c'est alors que j'écoutai avec quelque attention les propositions que nos gentilshommes me firent de les seconder dans leurs projets, et que j'assistai à plusieurs conseils secrets tenus à cette occasion. Quel était mon but en dé-

sirant les suivre dans la carrière qu'ils se
proposaient de parcourir ? de me faire tuer
ou de me faire un sort tellement indépendant qu'il eût pu me mettre au-dessus des
avantages que je pouvais attendre de M. Dubocage..... Si Juliette sait, me disais-je,
que son mariage avec moi peut me coûter
80,000 fr. de rente qui ne peuvent manquer de m'arriver dans quelques années,
jamais elle ne voudra y consentir. Eh bien,
si je perds de cette façon ma bien-aimée,
faisons tout pour l'obtenir d'une autre manière. Conquérons de la gloire en faisant
citer mon nom comme celui du chef le
plus redoutable de l'armée de l'Ouest. Une
autre idée m'occupait encore : si je deviens
malheureux, si le sort me force de m'expa-
trier ; je connais le cœur de Juliette, c'est
alors qu'elle me témoignera tout son
amour......

— Oh! que vous avez bien jugé mon âme!

mon Ernest proscrit et malheureux eût retrouvé tous ses droits sur mon cœur. Au milieu de nos champs déserts, j'aurais, toute faible que je suis, accompagné ses pas, j'aurais apprêté ses aliments, je l'aurais servi enfin comme on sert son maître, son père, son bienfaiteur.

— Ma bonne Juliette! tu me ferais envier le malheur, tu me ferais aimer une vie pénible, aventureuse. Oui, tu serais ma compagne, mon ange gardien, je te devrais tout jusqu'à l'existence. Mais puisque tu exiges que je n'accepte pas les propositions qui me sont offertes, abandonnons ce pays; cherchons un autre climat, une autre patrie où nous pourrons échapper à ces considérations de convenances auxquelles le monde attache tant d'importance. Tous deux réunis, partout nous trouverons le bonheur, il ne nous faut qu'un coin de terre, qu'un toit abrité par le feuillage, le murmure d'une fon-

taine.... Oui, ma Juliette, soyons heureux
en dépit du monde entier. Tout en disant
cela, il me pressait dans ses bras amoureux.... L'air était calme, embaumé de la
fleur du genêt, le crépuscule éclairait à
peine le sommet des arbres de la forêt voisine, point d'autre bruit que le flot léger
de la mer, et celui de nos soupirs...

(Ma belle conteuse alors baissa les yeux,
son sein se souleva, sa respiration devint
gênée et des larmes abondantes coulèrent
le long de ses joues.... Je pris part à son pénible état; cependant que pouvais-je lui
dire? Pour la rassurer au moins, je pris sa
main et j'y déposai le baiser le plus paternel, le plus respectueux. Elle sentit toute
la délicatesse de mon procédé. Pleine de
reconnaissance elle releva sa jolie tête; et
les yeux encore mouillés de pleurs, un léger sourire effleura ses lèvres et donna bientôt à son visage une grâce céleste.)

Ah! me dit-elle, puisque vous daignez pardonner à une pauvre orpheline sans appui, sans expérience, qui n'a pu s'empêcher de succomber, j'oserai continuer mon histoire.

Nous dûmes enfin quitter ce lieu. La nuit était complètement arrivée et mon cœur tellement troublé qu'il ne me restait de force que pour m'attacher à celui qui devait être pour toujours mon guide et mon protecteur. Ernest me fit marcher longtemps; mais je ne me plaignais pas de ma fatigue, seulement un mouvement convulsif lui faisait apercevoir que mon agitation était extrême. Après une heure de marche au moins, nous arrivâmes à une petite métairie dont il était propriétaire. Le fermier, dès qu'il reconnut son seigneur, l'accueillit avec tout le respect et l'empressement que tous nos paysans ont encore pour ceux qu'ils appellent leur maître. En arrivant,

Ernest me fit asseoir près d'une table gros-
sière et me fit servir des fruits et du lai-
tage. Lui, pendant ce temps, écrivait sur
ses tablettes, et donnait en même temps
des ordres à son fermier. Il le chargea de
se rendre à son manoir et de remettre ces
tablettes à son valet de chambre. Resté
seul avec moi, il ne chercha point à s'excuser de ses torts. Il avait au contraire un
air de triomphe qui aurait ajouté à mes
chagrins, sans la bienveillance respectueuse
dont il semblait vouloir m'environner; moi,
je le regardais seulement, et il devait lire
tout à la fois dans mes yeux le reproche et
l'amour.

Trois heures se passèrent ainsi. Son valet de chambre parut enfin et prévint son
maître en entrant, que la voiture était prête
et nous attendait sur la grande route à une
très-petite distance de la ferme.

A peine avait-il achevé de nous annoncer

cette nouvelle, qu'Ernest s'avança vers lui, et le prenant par la main il me le présenta en lui disant : *Yvon*, vous avez pris soin de mon enfance, vous m'avez toujours servi fidèlement, j'espère que vous témoignerez à ma femme le même respect et la même fidélité.—Cela dit, il me prit aussi la main et la pressant sur son cœur, il me conduisit à la voiture. Au momentd'y monter, je m'écriai : Et ma tante, quelle sera son inquiétude !—Elle n'en a déjà plus, me répondit Ernest, je l'ai fait prévenir que l'on vous avait retenue dans un château voisin, et que dans quelques jours vous lui écririez.

Nous arrivâmes vers les dix heures du soir à Vannes, et nous descendîmes dans un hôtel où Ernest était très-connu. Quand on le vit, les domestiques se montrèrent empressés, et surtout l'hôtesse qui me paraissait très-curieuse de connaître la dame

qui venait de descendre avec lui de voiture.
J'avais baissé mon voile; et comme elle
tournait autour de moi afin de chercher à
me voir, Ernest lui dit : « Vous avez bien
envie, ma chère hôtesse, de juger de la
beauté de madame de Beaumanoir...— Vous
êtes marié? s'écria-t-elle. — On ne peut
l'être davantage, répondit-il en souriant. »
Mais comme il voyait que ce colloque m'em-
barrassait, il m'offrit son bras et m'entraîna dans la plus belle chambre de l'au-
berge, où il demanda qu'on servît le souper.
L'hôtesse, en nous y conduisant, ne se
lassait pas de se féliciter du bonheur qu'elle
avait de recevoir deux si beaux et deux si
jeunes mariés, et de nous répéter que quand
même il lui arriverait des princes, elle n'en
donnerait pas moins sa chambre à madame de Beaumanoir.

Enfin pourtant, elle voulut bien nous
laisser à nous-mêmes. Le souper fut servi,

et Ernest fit si bien par ses douces prières,
qu'il m'engagea à prendre quelque chose.
Je ne rapporterai point tout ce qu'il me
dit pour calmer mes inquiétudes, les projets qu'il fit pour notre vie à venir. S'il ne
détruisit pas tout souvenir de ma faute,
s'il ne rendit pas le calme à mon âme, au
moins fut-il assez éloquent pour ne plus
occuper mon cœur que de la sincérité de
son amour.

Le lendemain, nous partîmes pour Rennes, où je restai quelques jours pour me
faire faire un trousseau qui m'était indispensable. Beaumanoir se chargea d'écrire
à ma tante et à mon tuteur. Il leur déclara
franchement qu'il était coupable envers
moi de séduction et d'enlèvement; mais
qu'il allait réparer ses torts par un mariage
qu'il fallait tenir secret à cause de son oncle.
Comme personne n'avait aucun intérêt à
ce que cette affaire eût des suites, après en

avoir quelque temps parlé à Quimperlé, il ne fut bientôt plus question de
mon escapade. Je suis même convaincue
que celles de mes anciennes amies qui m'ont
le plus blâmée, n'auraient pas été très-fâ-
chées de se trouver l'héroïne de mon roman.

Quoique Rennes soit une ville très-agréable, comme je n'y connaissais personne,
et qu'Ernest au contraire y connaissait
beaucoup trop de monde, nous ne tardâ-
mes pas à nous mettre en route pour Paris.

Je ne vous peindrai point l'impression
que fit sur moi cette belle capitale. J'admirais en véritable provinciale la grandeur de
sés monuments, de ses places publiques,
la gaieté et la variété de ses boulevarts.
Tandis que l'on nous meublait richement
et élégamment un bel appartement qu'Ernest avait loué dans le plus beau quartier;
dès le lendemain de notre arrivée, nous

parcourions Paris et ses environs, tous deux seuls dans une élégante calèche qui me paraissait attirer les regards du public. Bientôt nous en vînmes à visiter plus en détail les monuments qui devaient appeler notre attention particulière. Un jour que nous avions destiné à cet examen, Ernest fit arrêter la voiture devant l'hôtel de la Légion-d'Honneur. A son aspect, je m'écriai involontairement : Ah! le superbe palais!

— On voit bien, chère Juliette, me dit-il en riant, que tu ne te connais pas en architecture. Ce superbe hôtel n'est *qu'un morceau de pâtisserie.*

— Comme tel, il doit être difficile à digérer, lui répondis-je, toute fâchée de ce qu'il m'enlevait à mon admiration.

— Ma chère enfant, c'est le mot en usage parmi les artistes. Mais au reste tu n'es pas obligée d'étendre si loin tes connaissances... Il avait, en me disant cela, un cer-

15

tain air pédant qui semblait m'annoncer
qu'il avait acquis sur ce sujet des connaissances toutes nouvelles. — Si tu étais versée
dans ces matières, reprit-il, tu saurais qu'il
n'y a de beau maintenant que ce que les
Vandales nous ont apporté. L'architecture
grecque n'a plus d'admirateurs ; nous n'ai-
mons plus que ce qui est tout-à-fait gothique. Les Palladio, les Vitruve, etc., sont
maintenant à l'art de l'architecture, ce que
sont à la littérature française les Boileau,
les Racine et les Voltaire. Vois comme tout
s'enchaîne dans les arts : si les Goths sont
nos premiers architectes, ceux qui les imi-
tent en littérature deviennent aussi nos
premiers écrivains. Maintenant ce n'est plus
qu'en imitant Ronsard qu'un homme de
lettres peut se faire une réputation.

— Mais si Ronsard était un vieux écrivain, comment as-tu fait pour le comprendre ?

— On y parvient en peu de temps. Il ne m'a pas fallu plus de six mois pour apprécier la sublimité des auteurs modernes qui l'ont imité. »

Tout en causant ainsi nous arrivâmes devant un grand monument qui excita ma surprise. — Ne regarde pas cela, me dit Ernest avec un peu d'humeur. Cette église s'appelle Saint-Sulpice ; elle a été bâtie sous Louis XV. Le mauvais goût du temps s'y fait sentir tout entier.

— Cependant cette façade me paraît bien noble, bien imposante. Et ces deux immenses tours. . . .

— Me font l'effet de *deux clarinettes.* Quelle différence avec ces deux grosses tours du quinzième siècle, qui, *crevassées et bombées par l'âge comme des futailles,* ressemblaient, dit le moderne chroniqueur, à *des ventres déboutonnés !*

—Tu les as donc vues, mon ami ?

15.

—Moi, non ; mais d'après les observations que j'ai lues dans un grand ouvrage, je sais maintenant tout ce qu'il faut admirer en architecture. Tu m'entendras parler de Notre-Dame ; mais afin de te faire mieux sentir les beautés de la cathédrale, je vais te conduire au Panthéon...» Nous nous y trouvâmes en effet en peu d'instants.

Je ne pus dissimuler mon admiration à l'aspect de ces immenses colonnes, de ce dôme qui s'élève si majestueusement dans les airs ; je n'avais point assez d'yeux pour regarder ces beaux bas-reliefs, ces voûtes si riches d'ornements... Lorsque Ernest, fatigué de mes exclamations admiratives, me dit avec un peu d'humeur : Eh bien ! ce monument que tu trouves si noble, si riche et si imposant, *n'est qu'un vrai gâteau de Savoie.*

— Eh bien ! dis-je aussi avec non moins

d'humeur, conviens qu'à Paris l'on fait très-
bien la pâtisserie. »

C'est mauvais, c'est détestable, répétait-
il en m'entraînant. Ce n'est qu'à Notre-
Dame qu'on rencontre le vrai beau. Nous
n'y fûmes pas plus tôt arrivés qu'il tomba
dans une telle extase, qu'il me refroidit
beaucoup pour ce vieux monument noirci
par le temps. S'il ne m'eût pas assuré que
tout ce qu'il me faisait remarquer était superbe, admirable, j'aurais passé devant
toutes ces beautés sans m'en apercevoir.
Surtout les figures de saints devant lesquelles il se pâmait ne me paraissaient à moi
que la représentation de très-vilains hommes. Il était tellement animé, que de la
description de Notre-Dame il en vint à
celle du Paris gothique. Il le décrivit avec
une telle chaleur, qu'il avait l'air de réciter un fragment dérobé à quelque nouveau livre.

« Oublie, me dit-il, ton Paris moderne,
« avec ses lignes droites, ses arcades mo-
« notones et ses colonnades grecques. Tout
« cela est froid et sec comme nos classi-
« ques. Transporte-toi dans la cité de nos
« vieux rois, au milieu de mille rues croi-
« sées, mêlées comme un écheveau de fil
« brouillé par un chat. Vois la grosse tour,
« cette hydre des tours, gardienne des
« géants avec ses 24 têtes, avec ses croupes
« monstrueuses, plombées ou écaillées d'ar-
« doises. Vois tous ces clochers tatoués,
« gaufrés et guillochés. Déchire la pointe
« des îles ; plisse la Seine avec ses larges
« flaques vertes et jaunes, et jette au mi-
« lieu de tout cela un rayon de lune qui fera
« saillir tous ces objets plus dentelés qu'une
« mâchoire de requin. »

Tout en disant ces mots il m'avait entraînée, pour me donner une idée du Paris
gothique, dans les petites rues sales et

puantes qui environnent la cathédrale.
Moi, par complaisance, je lui répondais :
« La mâchoire de requin peut être belle au
clair de la lune ; mais il paraît que le soleil ne s'y plaît pas. Eh puis, mon ami, tu
vois comme je crotte mes jolis souliers ;
tiens, si tu m'en crois, remontons en voiture et allons nous promener aux Tuile-
ries, dans ce vilain Paris classique. » Il prit
assez bien ma plaisanterie. Nous revînmes
en effet dans ce quartier, bien moins beau
que le Paris du XVe siècle, mais où l'on
peut au moins se promener à pied sec et
respirer un air pur.

On voit qu'Ernest et moi nous n'étions
pas toujours du même avis, et quelquefois
nos discussions, sans répandre d'aigreur
dans nos entretiens, amenaient entre nous
de petites bouderies. J'avais eu le malheur
de ne pas me trouver de son opinion sur
les tableaux qu'il admirait au salon. Une

figure d'homme ne pouvait être belle à ses
yeux qu'autant que les chairs avaient une
teinte sale et verdâtre ; et lorsque j'admirais les belles proportions de l'Apollon du
Belvédère, il me soutenait que ce genre de
beauté était ridicule ; que cela n'était point
naturel, et qu'il préférait à toutes ces belles
formes une figure d'homme mal tourné,
parce qu'il s'en trouvait beaucoup dans le
monde.

Il en était de même du spectacle. J'aimais beaucoup les Français, et je le priais
de m'y conduire souvent. Déjà j'avais vu
plusieurs pièces qui m'avaient fait rire ou
pleurer. Eh bien ! de retour à la maison,
il cherchait à me prouver que je n'avais
pas pu m'amuser, par la raison que ces
pièces avaient été composées par des auteurs anciens ; que, grâces aux nouvelles
doctrines littéraires, le public qui, aussi
lui, avait autrefois applaudi ces ouvrages,

était bien revenu de son erreur, et qu'il ne se passerait pas six mois avant qu'il ne les bannît complétement de la scène.

C'était là le seul objet de nos différents, et mon Ernest se montrait si bon, si prévenant sur toute autre chose, que je lui avais bientôt pardonné les petites humeurs qu'il me causait.

Il s'était plu à m'embellir de tout ce que la mode avait de plus recherché. Diamants, cachemires de toute espèce, rien ne lui coûtait pour parer son idole. Telle était sa générosité pour moi, que j'étais obligée de lui cacher l'impression que me faisait éprouver chez les marchands l'exposition d'une broderie ou d'une riche étoffe. Enfin nous jouissions du bonheur le plus parfait.

Un jeune homme de notre pays qu'il rencontra au Palais-Royal forma pour nous le noyau d'une société qui en peu de temps devint très-nombreuse. Notre compatriote

s'occupait de littérature, et comme il faisait des articles dans les journaux, il était
devenu l'ami de tous les jeunes hommes de
lettres : il nous en présenta plusieurs les
uns après les autres, et leurs noms qu'Ernest prétendait connaître, les établirent
dans la maison sur un pied tout-à-fait ami-
cal. Seulement cette société nous entraîna
peu à peu dans une très-grande dépense.
Ma maison leur était ouverte à toute heure,
ils dînaient chez moi presque tous les jours,
et pour exciter leur gaieté et leur verve
poétique, nous leur faisions boire force vin
de Champagne. Aussi nos soirées étaient-
elles charmantes. On y servait le punch
flamboyant, et chaque poète y lisait ses vers
après avoir blâmé, selon l'usage, ceux qui
l'avaient devancé dans la carrière. On n'appelait point par leurs noms ces poètes d'une
autre époque; mais on leur donnait des so-
briquets plaisants, tels que ceux de *perru-*

ques, ganaches, épiciers, marquis. Dans les commencements de nos réunions, j'avais eu d'abord de la peine à comprendre leur langage. Quand ils me disaient, par exemple, que Racine était *enfoncé*, je ne savais pas trop ce que ce mot voulait dire ; il me semblait beaucoup trop élevé pour une femme. Heureusement qu'après le départ de ma société, Ernest m'expliquait ce que je n'avais pas compris, si bien qu'après cinq ou six mois je parlais couramment leur langue.

Ce qui acheva mon éducation, ce fut la première représentation d'une pièce de l'un de nos amis. Il la donna aux Français, où elle eut le plus grand succès. Le public me paraissait savoir d'avance toute la pièce. A peine avait-on prononcé le premier mot d'un vers, qu'il partait un tonnerre de bravos. Ah! quel beau jour que celui-là! Cependant il fut troublé par une scène qui se passa dans une loge voisine de la mienne.

J'entendis tout à coup qu'on menaçait un
homme de le frapper. On l'accusait d'avoir
haussé les épaules avec un air de pitié à
l'un des plus beaux endroits de l'ouvrage.
De ce geste imprudent venait la grande
colère des amis de l'auteur. Comme tout
le monde parlait d'abord à la fois, il me
fut impossible de rien entendre de ce qu'on
disait; mais plus tard, ces mots me frap-
pèrent : « J'ai le droit de blâmer ou d'ap-
prouver le style ou le fond d'un ouvrage, et
cependant, je ne l'ai pas fait. Au reste,
Messieurs, croyez-vous m'effrayer par votre
nombre?... » Celui qui parlait fut interrompu par les cris : *A la porte.* Cette voix
m'avait émue, je crus la reconnaître. Pour
m'en éclaircir, je me levai, je tournai la
tête, et je vis Gustave que cinq ou six jeunes
hommes menaçaient encore. Quel fut mon
étonnement! Mais craignant bientôt les
suites de cette querelle, je m'avançai vive-

ment vers sa loge, et l'appelant par son nom, je le priai de venir près de moi. Parmi les personnes qui l'assaillaient, je reconnus l'un des habitués de ma maison, à qui je dis avec colère : « Eh quoi! Monsieur, vous laissez insulter le meilleur ami d'Ernest. » A ce mot, la dispute cessa, et mon jeune poète tout déconcerté introduisit lui-même Gustave dans ma loge.

Je ne vous peindrai point l'impression que j'éprouvai à sa vue. Vous devez la concevoir. Tous mes torts revinrent à ma pensée, et dès qu'il fixa les yeux sur moi, je baissai les miens. La pâleur succéda à la couleur animée de mon visage, je tremblais... « Calmez-vous, me dit-il d'une voix basse. Je vois que vous souffrez, et je vous aurais épargné le chagrin de me voir sans l'événement singulier qui me conduit près de vous.

—Je n'éprouve point de chagrin en vous

revoyant, lui répondis-je ; mais je me rappelle des torts bien réels, et voilà ce qui cause mon trouble.

— Ils ne sont pas les vôtres. Vous avez dû être entraînée par l'ascendant d'un homme passionné, et qui aura employé tous les moyens pour vous séduire. Puisque vous n'avez pas eu la force de le fuir, vous deviez succomber. Au moins, Juliette, êtes-vous heureuse ?

—On ne peut l'être davantage. Son amour semble augmenter avec le temps. Ses attentions délicates me dédommagent du sacrifice que je lui ai fait de ma réputation ; et sans l'obstacle momentané qui s'oppose à notre union. . . .

— Si vous êtes heureuse, je pardonne à Ernest tous ses torts envers moi. Au reste, qui peut savoir où peut nous entraîner la fougue d'une passion ?.... »

Il dit ce mot d'un ton si calme que, dans

toute autre circonstance, j'aurais éclaté de
rire; mais je fus assez sage pour me contenir, et lui tendant la main : « Vous nous
pardonnez à tous les deux, n'est-il pas vrai,
Gustave ? » — Il baisa ma main, et un soupir
discret s'échappa du fond de sa poitrine.

Au milieu du bruit, des cris, des sifflets
et des applaudissements qui partaient de
tous les coins de la salle, il nous fut facile
de continuer notre conversation à voix
basse. Il me demanda où était Ernest, et
je le lui montrai dans le parterre au milieu
d'un groupe de jeunes barbus auxquels
il parlait avec beaucoup d'agitation. Comme
ami de l'auteur, il avait cru de son devoir
de prendre le poste le plus périlleux. A la
fin de la pièce et après que l'on eût proclamé le nom de l'auteur en dépit de la ca-
bale classique, Ernest vint me rejoindre.
Il parut d'abord embarrassé à la vue de
Gustave; mais le lui ayant présenté comme

étant toujours resté notre ami malgré nos
torts , Ernest lui prit la main avec amitié
et l'invita même à nous accompagner chez
moi , où nos jeunes poètes devaient se réunir pour célébrer le triomphe de l'auteur
qui était notre ami. Gustave accepta avec
un empressement qui me surprit beaucoup,
et nous partîmes tous ensemble pour la
maison, où déjà nos amis nous attendaient.

En descendant les escaliers du théâtre
Français, j'avais un air radieux qui ne devait appartenir qu'à la femme de l'auteur;
mais ma joie était si grande de notre succès romantique que je ne pouvais la contenir. Mes jeunes barbes me surpassaient encore en enthousiasme ; j'entendais dire de
tous côtés, *Racine enfoncé*, *Voltaire enfoncé*. Plusieurs d'entre eux parlaient même
de renverser les bustes de ces vieilles perruques qui depuis si long-temps avaient
ennuyé le public, et qui prétendaient en-

core l'amuser. En vain quelques ennemis du romantisme qui, malgré nos précautions, étaient parvenus à se glisser dans la salle, voulurent troubler notre triomphe; ils succombèrent sous le nombre, et notre succès n'en fut que plus brillant et plus complet.

(Je ne pus m'empêcher d'interrompre notre belle enthousiaste, pour la prier de m'expliquer comment on avait fait pour priver le public du droit d'entrer chez lui.

—L'auteur avait pris un moyen bien simple : il s'était emparé de la salle entière, et n'en distribuait les places qu'aux personnes dont les opinions étaient connues pour être romantiques, ou à leurs amis d'après un certificat. Eh bien! voyez, Monsieur, ce qu'a produit cette hardiesse administrative. Cette innovation est devenue un droit, et tout auteur qui veut obtenir au Théâtre-

16

Français une douzaine de représentations n'agit pas d'une autre manière.

— Mais croyez-vous, Madame, que cela contribue beaucoup à la prospérité du théâtre ? N'ayant plus de public, vous n'aurez plus d'auteurs.

— Pardonnez-moi, Monsieur; tous mes amis seront toujours là, et eux seuls suffiront à l'éclat de la scène française. Il faut avant tout que notre cause triomphe. Nous avons dit, et tous nos journaux ont répété que nos prédécesseurs n'avaient pas le sens commun, qu'ils étaient des perruques et des ganaches ; que pour bien faire il fallait faire comme nous. Voilà pourquoi, Monsieur, nous tenons beaucoup à nous faire un public. Vous sentez qu'après avoir détruit l'ancienne littérature, il est indispensable que nous mettions quelque chose à la place, et c'est à ce quelque chose que tous mes amis travaillent. Je conviens que le public a un peu de peine à adopter nos idées nouvelles; mais nous l'y forcerons, dussions-nous assister vingt fois de suite à la même représentation pour applaudir le chef-d'œuvre. Cela nous a déjà réussi merveilleusement : à peine se trouve-t-il aujourd'hui une trentaine d'opposants qui se permettent de siffler encore. Mais nous sommes certains de notre succès, et nous disons dans nos préfaces : Maintenant *le public est fait, vienne le poète!*

—Vous m'intéressez on ne peut plus, Madame, par la manière dont vous parlez de la littérature nouvelle; on voit que vous la connaissez parfaitement.

—Moi? pas du tout. Je connais nos plans, notre tactique littéraire, parce que c'est chez moi que le conseil s'assemble, et que tout naturellement je m'en trouve faire partie. C'est ce qui me donne le droit de parler collectivement de tout ce que nous

16.

faisons de bien dans l'intérêt du romantisme. Ah ! Monsieur, que nos assemblées
sont imposantes ! Il faut voir tous nos
beaux jeunes hommes à barbes brunes,
noires, blondes ou rousses, avec leurs petits cigares à la bouche. . . .

— Quoi, Madame ! ils fument ?

— Que voulez-vous ! ils prétendent que
Byron fumait. Tous les hommes de génie
n'ont-ils pas des goûts particuliers ? Et puis
moi, je ne suis pas bégueule, je m'habi-
tue à tout. Je conviens que mon beau salon ressemblait quelquefois à un corps-de-
garde, surtout quand on avait bu un peu ;
mais les propos étaient toujours très-me-
surés. Les peintres parodiaient les David
et les Gérard, les poètes tournaient en ridicule les vers *à talons rouges* du fade
Racine et du pédant Boileau : mais tous,
lorsqu'ils en venaient à leurs productions,
ils ne se parlaient qu'avec égards et res-

pect, et dans l'effusion de leur franchise, je n'entendais que ces mots : *Votre talent, votre célébrité, grand homme ;* puis ils se lisaient des vers où ils se disaient la même chose, ce qui procurait à toutes nos réunions le plaisir le plus piquant et le plus varié. . . . Mais j'en reviens à notre première représentation.)

Tous nos amis étaient arrivés à la maison, excepté l'auteur qui n'y vint pas, parce que, selon l'usage, il avait été enlevé par l'actrice inimitable qui avait joué le principal rôle dans sa pièce. Ces jours de grande représentation, comme il est d'usage qu'elle doit s'enivrer de l'encens mérité que brûlent à ses pieds ses admirateurs, elle voulut en faire respirer aussi le parfum à son auteur favori.

Tout émus encore de cette soirée brillante, nos auteurs ne s'entretinrent que de la manière dont chacun avait fait son devoir pour faire réussir l'ouvrage. L'un dit, entre autres choses : « Dans l'un de ces grands moments où la hardiesse du style excitait des huées générales, je donnais le signal à ma troupe, et au même instant les applaudissements, les trépignements, les coups de canne sur la devanture des loges, en portant l'effroi dans tous les cœurs, forçaient nos ennemis à écouter avec silence. »

Tout allait bien jusque-là. Mais Gustave qui se ressouvint du péril qu'il avait couru pendant qu'on jouait la pièce, ne put s'empêcher de dire : « — Eh parbleu, Messieurs, j'en sais quelque chose. C'est un très-bon moyen de faire taire les gens que de les menacer de les assommer. C'est à Madame que je dois le bonheur d'être échappé aux preuves de zèle des amis de l'auteur. » Ernest craignit que les opinions de Gustave en littérature ne déplussent à la société ; et voulant éviter des discussions

fâcheuses entre gens qui se font gloire d'a-
voir des principes si différents, il s'empressa
de prendre Gustave par la main et de dire à
tous ses conviés : « Messieurs, je vous présente mon ami de collége ; s'il n'a pas tout-
à-fait encore nos opinions sur la littérature
actuelle, il n'en est pas moins un brave
garçon qui mérite toute votre estime. »

Loin d'accueillir cette présentation, tous
nos amis, qui sont pourtant tolérants, ne
répondirent en regardant Gustave que
par un certain air de dédain. L'un d'eux
commença même une attaque que tous
s'empressèrent de soutenir. Je me rappelle
la manière dont la querelle s'engagea, mais
il me serait difficile de vous dire les noms
des interlocuteurs. Comme ils soutiennent
tous la même cause, vous n'y verrez, si vous
voulez, qu'un seul personnage.

—Oh! nous connaissons M. Gustave de réputation, dit l'un d'eux avec un ton ironi-

que. Tout jeune qu'il est, il a déjà fait beaucoup parler de lui, puisqu'il a obtenu un prix dans la littérature surannée.

—Quoi! Monsieur a été couronné par l'Académie? Comment donc, mais c'est très-honorable! Monsieur est déjà sur le grand chemin de l'immortalité.

—L'immortalité des académiciens finira le jour de leur mort.

—Ma foi! moi, je les trouve immortels, car vous conviendrez, Messieurs, que ces braves ganaches n'usent pas assez de la permission qu'ils ont de se faire enterrer.

—Quant à moi, je fais tous les jours la guerre à cette pauvre Académie; tantôt je la prends en masse, et tantôt je fouette à tour de bras celui qui me déplaît le plus parmi ces académiciens qui se croient encore quelque chose. C'est vraiment un spectacle risible de voir cette réunion de perruques, de momies....

—Eh bien ! vous avez tort, Messieurs, de mettre tant d'importance à leur existence. Car enfin une Académie a du bon. D'abord il y a des appointements, ensuite elle devient un but d'émulation, ensuite on donne des prix à ses amis, à ses connaissances.... Oui, il faut une Académie ; mais seulement il faut faire en sorte que ceux qui la composent maintenant aient leur retraite d'une façon quelconque, et que nous, qui n'en sommes pas, nous finissions par en faire partie. »

J'examinais Gustave qui ne prenait point de part à la conversation, et je m'applaudissais de son calme, quand il s'avisa de dire d'un très-grand sang-froid : « Mais, Messieurs, vous êtes bien bons de supporter tout cela ; les académiciens vous gênent, vous trouvez qu'ils ne se font pas enterrer assez vite, mais vous avez un moyen de vous en défaire d'une manière très-innocente.

Il est de fait que s'ils n'étaient pas là, vous seriez à leur place. Cependant le ministère, qui n'est peut-être pas à la hauteur de vos principes, voit encore dans ces momies des hommes qui certainement ne vous valent pas, mais qui ont plus ou moins illustré leur pays. Toutes les bibliothéques contiennent leurs livres, et le théâtre joue encore leurs pièces... Je sais bien que vous avez changé tout cela, et que vous avez décidé que tous les hommes qui avaient reconnu des maîtres et puisé des règles générales dans leurs ouvrages n'étaient que des imbéciles dignes du mépris public. C'est très-bien. Mais comme il se trouve encore quelques littérateurs que vous n'avez pas convertis à la foi nouvelle, comme il se pourrait que le ministère ne suivît pas tout-à-fait votre système d'organisation, et qu'il me paraît d'ailleurs que ces maudits vieillards, qui sont habitués depuis

vingt ans à cette vie douce d'académicien,
ne sont pas d'humeur à la quitter sur une
simple sommation de votre part; à votre
place, moi, j'aurais bientôt décidé la question. A leur première séance d'apparat,
j'organiserais un public tel que celui que
nous avions ce soir à la pièce nouvelle; je
lui ferais pousser les mêmes cris, les mêmes hurlements, non pas d'admiration,
mais de mépris et de colère; enfin j'ins-
pirerais tant d'effroi à tous ces pauvres
vieillards, qu'ils s'empresseraient de vous
céder leurs places en se faisant enterrer aussi promptement que vous pouvez
le désirer.

—Monsieur le prend sur le ton ironique;
mais au reste il n'y a rien d'étonnant qu'il
se montre le défenseur de ceux qui savent
si bien récompenser ses talents.

— Cela est vrai, Messieurs, et je vous
remercie même de l'occasion que vous m'a-

vez offerte de défendre des hommes qui ont
droit à mon respect par leur âge et par
leurs travaux. Je sais que la vieillesse ne
jouit pas auprès de vous d'une grande
considération ; mais, quelque dédain que
vous affectiez pour les vieillards, et quelle
que soit la catégorie dans laquelle vous les
placiez, soit momies, soit fossiles, je conviens à ma honte que je suis loin de penser
comme vous. Vous les couvrez de mépris,
moi, je les honore. Chacun d'eux m'offre
l'image d'un père, et je me crois honoré
de mériter leur intérêt et de pouvoir m'aider de leurs conseils et de leur expérience.

—Comme c'est touchant et moral !

—C'est que Monsieur est arrivé tout fraîchement de son endroit, et qu'il possède
encore toute son innocence provinciale.
Ce n'est pas avec de l'innocence que l'on
crée de grands ouvrages. Byron nous a bien
prouvé le contraire, on ne devient sublime

qu'à force de passions. L'Océan n'est jamais
plus beau que pendant la tempête; et quoi
que vous en pensiez, Monsieur, les sentiments bornés de la province, ces vertus
monotones de nos grands-pères, ne feront
jamais un homme de génie.

—Qu'osez-vous dire! Monsieur est homme de génie par brevet de l'Académie.

— Je ne doute pas, Monsieur, que vos
titres à la gloire ne vaillent mieux que les
miens; mais encore faudrait-il les connaître,
et votre nom que l'on vient de prononcer
ne m'a rien appris.

— Mais, Monsieur, c'est une imperti-
nence...

— Non, Monsieur, c'est une vérité;
mais vous daignerez excuser un homme
de province qui a encore toute son innocence. J'ai trouvé tant de grands hommes dans la capitale dont les noms ne
sont point encore arrivés en Basse-Bre-

tagne, qu'il m'est bien permis d'ignorer votre célébrité.

— Nous savons que la vôtre a beaucoup plus de poids.

— Comment donc, plus de poids! mais elle pèse au moins quinze cents francs. C'est le taux, je crois, des prix ordinaires de l'Académie.

— Eh bien! mes ouvrages ont au moins une valeur.

— C'est-à-dire que les nôtres n'en ont pas.

— Ils en ont à vos propres yeux.

— Tous les journaux en font l'éloge.

— Vous faites vous-mêmes vos articles.

— Nos ouvrages sont à la dixième édition.

— Et cependant c'est toujours la même. »

Voyant que la discussion dégénérait en querelle, je fis signe à Ernest d'empêcher que cela n'allât plus loin. Ernest s'y prit tout de travers pour ramener la paix.

« Eh! laissons cela, dit-il, ne voyez-vous pas que mon pauvre ami Gustave est encroûté de tous les préjugés classiques dont vous avez triomphé d'une manière si brillante ?

— Ma foi, mon cher Ernest, je ne vois pas du tout comme toi. Je n'aperçois, moi, dans le triomphe romantique, qu'un succès de coteries et d'intrigue ; et en me servant du sens d'une vieille épigramme classique, je ne vois que des nains qui réunissent leurs petits bras pour renverser des géants. »

A ce mot de nains, il s'éleva un cri. Et de tous les coins de la salle partirent à la fois des injures grossières. A leurs menaces, à leur fureur, je tremblai pour Gustave. Pressé par ces énergumènes, il se retira du côté d'Ernest en lui disant : « Je suis environné de fous, de furieux, c'est à vous de me protéger. »

Ernest, loin de s'interposer vivement entre eux, lui répondit d'un air négligent: « Mais que voulez-vous que je fasse ? vous comparez mes amis à des nains.

— Et vous à un lâche ! lui cria Gustave d'un ton furieux.

— Un lâche !

— Oui, répéta Gustave avec plus de force encore, l'homme qui chez lui laisse outrager son ami est un lâche.

— Vous me rendrez raison !......

— C'est ce que je désire; au moins j'aurai un adversaire dont le nom me sera connu.

— Vous profitez de la circonstance pour vous venger d'un tort.....

— Vous vous trompez. Madame connaît mieux mon cœur. Je vous ai pardonné un crime qui fut l'effet d'une passion; mais je ne vous pardonnerai jamais votre conduite d'aujourd'hui. Demain vous aurez de mes nouvelles. Quant à ces messieurs, cette première explication terminée, je me mettrai à leur disposition; et mon innocence de province est bien à leur service tout autant de fois qu'ils le voudront... En disant ces derniers mots, il prit son chapeau, et s'approchant de moi qui étais à moitié évanouie par l'effroi que me causaient leurs injures et leurs cris : Adieu, Madame, puissiez-vous être toujours heureuse, c'est le vœu que je fais pour vous. Et à l'instant même il quitta le salon en saluant tout le monde avec plus de fierté que de politesse.

Ernest, en voyant s'en aller si brusquement son ami, était resté confus au bout de la table. Il semblait dominé par une pensée profonde: il sortit enfin de sa rêverie en se disant à lui-même : « Gustave ! Gustave !
« l'ami de mon enfance !... Mais il le faut,
« telles sont les lois de l'honneur. »

17

— Il a osé t'appeler lâche, dit l'un des
jeunes gens.

— Il a eu raison. J'ai été lâche à son
égard ; il est mon vieil ami, il était chez
moi, vous étiez des étrangers pour lui ;
il était seul, et vous l'insultiez...

— Oh ! je parie que c'est un faux brave,
dit un autre ; lorsque nous en serons au
moment, c'est lui seul qui méritera le
nom...

— Lui, lâche ! dit Ernest avec un rire
amer, on voit bien que vous ne le connaissez pas. S'il n'eût pas été étourdi de vos cris,
et si mon appui, sur lequel il devait compter, ne lui eût pas manqué, il vous eût
prouvé à tous les uns après les autres qu'on
ne l'insulte pas impunément. Mais au reste
si je succombe, vous pourrez savoir par
vous-mêmes qu'il n'existe pas un homme
plus brave et plus généreux.

— Quelles têtes avez-vous donc dans

votre pays ! tu ne nous parles que de ses vertus et de son courage, et demain vous irez au bois de Boulogne.

— Nous y ferons chacun notre devoir.

— Oh ! nous n'en sommes pas là ; deux anciens amis peuvent s'entendre ; il peut par des excuses te donner un genre de satisfaction.....

— Des excuses ! je ne les recevrais pas....

— Comme Madame paraît avoir beaucoup de pouvoir sur l'esprit de ton ami, c'est elle qui se chargera d'arranger cette affaire.

— Madame n'arrange point mes affaires. »

Je me vis obligée de parler comme lui, j'aurais mis Ernest en fureur. Aussi prenant un petit air capable : « Non, Monsieur, dis-je d'un ton sec, les dames de mon pays ne prononcent point sur un article de point d'honneur ». Tout en affectant un air brave,

je sentais une palpitation qui allait m'étouf-
fer, si ma société, qui s'apercevait peut-
être qu'elle m'était importune, n'eût pris le
parti de se retirer.

La nuit de cette orageuse soirée dut nous
agiter tous les deux. Je me levai bien long-
temps avant Ernest. La petite débauche
qui s'était faite à la maison le retint au lit
plus long-temps qu'à l'ordinaire.—Je m'at-
tendais bien à ce que Gustave écrirait une
lettre à son ami, soit pour lui demander
une explication, soit pour lui envoyer un
défi. La lettre ne tarda pas, et m'en emparant au moment où on l'apportait, je dis
au commissionnaire que j'allais la remettre
à son adresse. En enlevant le cachet qui
était fraîchement mis, j'eus bientôt connu
l'heure et le lieu du rendez-vous, puis je
fis rendre le billet à Ernest qui dormait
encore. Il fit réponse, et je n'eus pas l'air
de faire attention à ce qui se passait. Peu de

temps après il s'habilla, écrivit encore, entra dans son cabinet, en sortit et vint enfin déjeuner avec moi. Il mangea de très-bon appétit, et pendant le repas il ne me parut ni gai, ni triste. Seulement vers la fin du déjeuner il me pria d'aller, tout de suite, lui acheter différents petits objets dont il prétendait avoir besoin. Je mis une telle lenteur dans ma toilette qu'il semblait en être impatient. Ne pouvant cependant rester plus long-temps, je me disposais à le quitter, quand il me saisit tout à coup dans ses bras, et me pressant contre son cœur, il me demanda pardon des chagrins qu'il avait pu me causer. Des larmes qu'il voulait retenir coulaient en même temps de ses yeux. Ayant trop deviné le motif de cet attendrissement subit, comme lui je fondis en larmes, et je m'écriai d'une voix étouffée par les sanglots : « O mon Ernest! si je venais à te perdre, que deviendrait ta

pauvre Juliette! » Après ces mots j'éprouvai
une telle oppression que je m'évanouis dans
ses bras. Il appelle ma femme de chambre,
me·prodigue ses secours, me fait respirer
des sels.... Puis regardant tout à coup à
sa montre, il me donne un dernier baiser
et s'enfuit en me laissant aux soins de tous
mes domestiques qui étaient accourus au
bruit de mon évanouissement. Mon état
d'insensibilité les alarma encore pendant
plus d'une heure; mais enfin revenant à
moi, je demandai ce qu'était devenu Ernest.
On me répondit qu'il était sorti depuis
long-temps. Tous les événements passés
revenant tout à coup à ma mémoire, je
devinai qu'Ernest ne m'avait quittée que
pour se rendre au bois de Boulogne. L'idée
du danger qu'Ernest pouvait courir me fit
bientôt reprendre mes forces. Je demandai
ma voiture ; mon cocher était absent, je
fis approcher une voiture de place et m'y

jetant à la hâte, je me fis conduire dans
l'avenue de Madrid, qui devait être le lieu
de la rencontre.—Ah! Monsieur, pendant
la route je ne vous peindrai pas mon état
d'anxiété. En vain je pressais le cocher de
faire courir ses chevaux, en vain je lui promettais de l'or, il me semblait qu'ils ne
bougeaient pas de leur place... Enfin je parvins à la fatale avenue, et le premier objet
qui frappa mes yeux fut Ernest couché sur
le gazon, et Gustave lui prodiguant les
plus tendres secours. Dès que ce dernier
m'aperçut, il s'écria de loin : « Ne vous ef-
frayez pas, cette blessure ne sera rien. Le
coup a porté dans les chairs. Ce n'est que
la perte de son sang qui a causé son évanouissement; il revient à lui. Bonne Juliette,
dites-lui que c'est malgré moi que nous
en sommes venus à cette extrémité; qu'un
seul mot de lui, que son obstination m'a refusé, en satisfaisant mon honneur m'eût

épargné bien des regrets. Adieu, Juliette, ne me haïssez pas. » — Après ces mots, il quitta le lieu du combat avec ses témoins. Il aurait pu me parler plus long-temps, je ne l'écoutais pas. J'étais tout entière à mon Ernest qui, bientôt revenu à lui, cherchait à me rassurer sur les suites de sa rencontre. Il regretta que Gustave fût parti avant de lui avoir fait une réparation à laquelle il avait droit, mais qu'il ne pouvait accorder avant le combat. Ses témoins et moi nous nous réunîmes pour l'empêcher de parler, et nous l'aidâmes à monter dans la voiture que j'avais fait approcher.

Arrivés à la maison, je fis venir un célèbre médecin qui, dès qu'il eut découvert la blessure, dissipa tout-à-fait mes inquiétudes. En effet, trois semaines après il pouvait sortir, et notre vie de plaisir recommença avec la même ardeur.

Plusieurs mois s'écoulèrent encore pour

nous dans une ivresse continuelle, et sans
doute elle eût duré plus long-temps si cet
enchanteur qui crée des merveilles, qui
adoucit bien des peines, qui même en amour
est indispensable, nous eût conservé ses
faveurs; mais cet enchanteur, qu'on appelle vulgairement argent, nous abandonna
tout à coup. Comme Ernest n'entrait dans
aucun détail relatif à sa fortune, et qu'il
ne m'appartenait pas de lui faire aucune question à ce sujet, je ne pouvais
guère me douter de la position où il se
trouvait; peut-être ne s'en doutait-il pas
lui-même. Cependant l'instant où je commençai à croire que ses affaires n'allaient
pas très-bien, c'est celui où il me parla du
système des saint-simoniens. Il avait depuis quelque temps suivi toutes leurs assemblées, et soutenait avec chaleur la bonté
de cette nouvelle religion ; enfin il était
tout-à-fait de leur avis pour la communauté
de biens. Il était tellement convaincu de

la sagesse de leur doctrine que, si nous
eussions eu des enfants, il se fût fait un
plaisir de les déshériter pour leur épargner
les embarras de la fortune. ... Je ne sais
pas, Monsieur, si vous avez entendu parler
de cette nouvelle religion dont M. de Saint-
Simon a été proclamé le dieu ?

—Oh! beaucoup, Madame, et j'ai même
eu des relations fréquentes avec le dieu
dont vous parlez. J'ai eu l'occasion de lui
prêter souvent quelques légères sommes
qu'il ne m'a jamais rendues, mais qu'il me
rendra sans doute dans le ciel où il tient
un si haut rang.

—Quoi! Monsieur, vous avez connu cet
homme divin ? que vous êtes heureux !

—J'aurais même été témoin de son mariage avec une dame distinguée par son esprit et ses talents, si j'avais tenu une place
parmi les capacités du temps : mais il préféra à des hommes ordinaires comme moi,
quatre personnes illustrées dans des carriè-

res différentes. Le jour de ses noces, M. de Saint-Simon choisit pour ses témoins des hommes *capitaux*, tels qu'un peintre, un physicien, un poète et un musicien, tous membres de l'Institut : on parle même d'une cinquième capacité mathématique, qui a dû entrer pour beaucoup dans ce divin mariage.

— Cela ne m'étonne pas, Monsieur : un dieu ne peut pas se marier comme tout le monde. Eh bien donc! grâce à l'influence de ce dieu, j'entendis tous les jours déraisonner chez moi à m'en rompre la tête. Les prêtres de cette nouvelle divinité ont fort bon appétit, et je leur donnais des repas où, à la place de l'ambroisie, on leur servait le meilleur vin de Champagne, ce qui ne contribuait pas peu à augmenter la gêne qui commençait à se faire sentir dans mon ménage.

Un soir que je réfléchissais au moyen de

procurer de l'argent à mon ami sans qu'il
s'en aperçût, et que j'avais pris la terrible
résolution de me défaire de mes diamants,
Ernest rentra tout agité. Il se promenait
dans la chambre avec action, ne me disait
pas un mot, et son front me paraissait tellement rembruni que ce ne fut qu'en trem-
blant que je lui demandai la cause de son
agitation. Il ne me répondit que ce peu de
mots avec un accent terrible : « Je suis rui-
né. Un banquier chez lequel j'avais déposé
une somme considérable afin de te consti-
tuer une rente qui pût au moins te mettre à
l'abri des événements malheureux dont je
puis être victime, vient de s'enfuir avec mes
fonds. — Est-il possible! m'écriai-je. — Le
fait est trop certain. Dans la crainte de
mourir avant toi, j'avais placé cet argent
sous ton nom; et tu perds tout en un instant! » — Pour le calmer, je le pressai dans
mes bras en l'assurant que si j'avais le mal-

heur de lui survivre, je n'aurais plus besoin de rien. Ma tendresse éloigna pour
quelques instants la douleur qui l'accablait;
mais les jours suivants, en ramenant nos besoins de luxe et de dépense, l'eurent bientôt
rendu à ses premiers chagrins. Comme je
ne pouvais pas en ignorer la cause, je me
rendis chez le bijoutier chez lequel Ernest
avait acheté mes diamants. Cet honnête
homme me les reprit à un tiers de perte.
Munie d'une assez grosse somme, je revins
trouver mon Ernest qui, tout en me grondant beaucoup, accepta le sacrifice que je
lui avais fait.

Au milieu du bruit dans lequel nous
vivions, il ne pouvait trouver les moyens
d'employer ses talents d'une manière fruc-
tueuse pour le ménage; aussi l'abîme ne
fit-il que se creuser de plus en plus. Tous
nos amis n'avaient pas cessé de venir passer leurs soirées à la maison, et le punch à

la chevelure bleue venait comme à l'ordinaire
égayer nos entretiens. Tout ce monde servait
à lui faire oublier un instant l'avenir qui
nous menaçait. Pourtant notre situation devint telle que je vendis plusieurs de mes
cachemires afin de pourvoir au besoin du
moment. Un jour que j'avais remarqué
qu'un papier timbré avait donné du noir
à Ernest pour toute la journée, je dis à mes
domestiques que l'on me remît tous ceux
que l'on pourrait encore envoyer, afin d'é-
pargner à mon ami d'ennuyeuses et fati-
gantes lectures. Comme je n'avais aucune
idée des affaires, j'étais loin de prévoir quel
serait le résultat de mes petits soins; mais
bientôt je ne tardai pas à m'apercevoir des
suites de mon imprudence.

Le lendemain du jour où l'un de nos
premiers auteurs modernes venait de nous
faire une lecture qui avait épuisé chez nos
amis toutes les formes de l'admiration, la

joie que nous éprouvions de son succès futur nous avait fait prolonger bien long-
temps dans la nuit cette aimable conversation et cet abandon confiant qui suivent
toujours le plaisir. Ernest et moi nous repo-
sions encore au milieu des rêves séduisants
qu'inspire une soirée passée agréablement,
lorsque nous fûmes réveillés par un bruit
d'hommes qui se promenaient avec action
dans nos appartements. Le chef de ces messieurs, en s'approchant très-poliment de
notre lit, nous fit bien voir, au premier
mot qu'il nous dit, que les biens de ce monde
ne sont aussi qu'un rêve. « Je viens, dit-il,
au nom de la loi, saisir tous vos meubles,
si mieux n'aimez payer à l'instant 40,000 f.
pour les sommes dues à différents créanciers et pour lesquelles ils ont obtenu sen-
tence. J'espère que vous ne vous opposerez
point à ce que j'exerce mes fonctions, et
que je ne serai point obligé d'appeler la

force au secours de la loi... Cependant comme je suis un homme naturellement poli, et que d'ailleurs un jeune ménage me semble toujours intéressant, je viens vous engager à vous lever tranquillement, et je vous promets que l'on ne procédera à l'inventaire des meubles que lorsque vous voudrez bien nous le permettre. »

La gravité de cet homme noir et la manière ampoulée dont il nous débita son discours, dans un autre temps m'aurait fait éclater de rire ; mais l'abattement d'Ernest me frappa si vivement que je fus tout entière à sa douleur. Cependant, malgré le coup qui, grâces à moi, tombait sur lui si subitement, je ne perdis point courage, et le premier usage que je fis de ma raison fut de courir à un élégant *chiffonnier* où je savais avoir encore une vingtaine de pièces d'or et quelques bijoux qui n'avaient pas été engloutis dans notre naufrage. Je voulus ensuite donner du courage à Ernest, et je lui dis tout ce que la passion pouvait m'inspirer de plus tendre ; mais je ne pus en arracher que ce seul mot : « O ma Juliette! j'aurai fait ton malheur. »

Nous étions à peine habillés que les gardiens de notre mobilier reparurent dans notre chambre à coucher. Ils instrumentèrent selon l'usage, s'emparèrent de toutes les clefs des armoires, et eurent la politesse, au milieu de leur prise de possession, de nous dire qu'ils nous laisseraient, lors de la vente, bien exactement ce que la loi nous accordait. Ils poussèrent même le procédé jusqu'à nous prévenir que si nous avions dans Paris quelques amis qui voulussent se rendre caution de nos dettes, ils retarderaient jusqu'au soir pour commencer l'inventaire du mobilier.

Cette proposition me fit naître une pensée que je saisis avec chaleur. Je pris Ernest

à part et je la lui communiquai. Il ne s'agissait pas de trouver une caution, nous
n'avions aucun ami assez riche pour nous
en servir ; mais je me rappelai que beaucoup de nos intimes connaissances avaient
profité de notre aisance passée pour se tirer
d'embarras, et que la distraction du monde
les avait empêchées de nous rendre ce que
nous leur avions si généreusement prêté. »
Ces sommes réunies, dis-je à Ernest, ne
sauraient dans ce moment payer nos dettes,
mais elles nous donneront au moins les
moyens de chercher un asile décent où nous
pourrons aller cacher notre misère. » Quoique Ernest répugnât, par une fausse honte,
à faire de semblables démarches, cependant il finit par céder à mes prières. Il prit
une voiture et courut tout Paris. Après
cinq ou six heures d'absence il rentra ;
mais comme je lui trouvai encore la figure
plus abattue, je lui dis avec chagrin : « Je

vois que tu n'as rencontré personne. »

— Je les ai trouvés tous, me répondit-il en fureur, mais aucun d'eux ne m'a ouvert sa bourse.

L'un, que la fortune favorise comme homme de lettres, et qui, dans les journaux, vend ses ouvrages au poids de l'or, m'a juré que dans de pareilles affaires il ne fallait point en croire les feuilles publiques. Lorsqu'on disait, par exemple, que telle recette au théâtre était de 4,000 fr., il fallait en retrancher la moitié, et que lorsqu'on lisait dans un journal que cette même pièce avait été vendue au libraire 8,000 fr., il fallait lire 800 fr.; que tout dans ce monde était charlatanisme, et que l'expérience me le prouverait.

Un autre a ri comme un fou quand je lui ai conté mon désastre. Pour me consoler, il m'a prévenu que j'allais entrer dans la catégorie des bons vivants; qu'il me pro-

curerait l'avantage de faire quelques articles dans les petits journaux, qui me seraient payés 20 ou 3o fr., que nous irions
manger gaiement au café de Paris.

Le troisième s'est désespéré de ma situation autant que si lui-même y perdait sa
fortune. Il me croyait, disait-il, à la dépense que je faisais, un homme très-riche.
Puis entrant dans les détails de la manière
dont je vivais, il me blâmait assez dure-
ment de mes folles dépenses : « Mais, a-t-il
ajouté, j'ai entendu dire que vous aviez
l'espoir d'une grande succession. Oh ! mon
cher ami, quand cette fortune vous arri-
vera, je vous donnerai un plan de conduite et d'économie qui assurera votre
bonheur pour votre vie à venir. »

Indigné contre ces égoïstes froids que
je croyais mes amis, je n'ai pas voulu aller
plus loin. Quant aux sommes qu'ils me
doivent, tous m'ont promis de me les ren-

dre à leur premier succès; mais le ciel sait quand je les toucherai. Oh! ma Juliette, qu'allons-nous devenir!

Dans ce moment l'huissier vint nous dire que puisque nous ne lui offrions aucune caution, il allait inventorier notre mobilier. Le pauvre Ernest demeura accablé de cette nouvelle : il était dans un état qui m'arrachait des larmes. J'avais oublié notre position cruelle pour ne songer qu'à sa douleur; il n'osait plus me regarder..... Le voyant dans un si terrible accablement, je fis un grand effort pour lui montrer du courage. Comme mon ami m'appelait souvent sa lionne, *sa lionne se réveilla.* Tout à coup je cessai d'être une *femme de gaze et de ruban*; je sentis un cœur d'*homme battre dans ma poitrine de femme.*

— Une poitrine de femme! m'écriai-je, étonné que j'étais de trouver dans la bouche de ma belle conteuse ces énergiques et poétiques expressions. — Mais, Monsieur, on ne parle pas autrement parmi les romantiques : c'est là le fond de la langue.

— Eh, Madame ! je ne blâme pas, j'admire. Mais continuez, je vous en prie, un récit qui m'intéresse au dernier point.

Dans la position cruelle où nous nous trouvions, j'eus donc bientôt pris mon parti. « Allons, dis-je à Ernest avec mon impétuosité bretonne. Donnez-moi votre bras, délivrez-moi de la présence de ces hommes, et sortons de ces lieux pour n'y rentrer jamais. » Mes domestiques qui étaient exactement payés tous les mois, ne furent point insensibles à nos chagrins; et comme je craignais leurs questions, je leur dis que j'allais me retirer chez un de mes parents. Ma femme de chambre me dit alors tout bas : « Ne manquez pas, Madame, de m'envoyer demain votre adresse, afin que je puisse vous porter... »

Je n'entendis que ces mots, car l'un des gardiens s'approcha de nous. Sans doute, si Yvon, ce bon vieillard qui avait élevé l'enfance d'Ernest, eût été à la maison, il nous eût suivis dans notre détresse ; mais Ernest se croyant trompé par son intendant sur une vente de bois qu'il lui avait ordonné de faire, avait envoyé en Bretagne son homme de confiance, pour qu'il pût l'éclairer à ce sujet.

Nous sortîmes tous les deux de notre riche appartement dans un état à faire pitié. Comme Ernest ne répondait à rien de ce que je lui disais, je sentis bien que moi seule je devais m'occuper du soin de lui trouver un logement. En conséquence, je dirigeai ses pas dans le faubourg Saint-Germain, dans le quartier des Écoles, convaincue que c'était là l'endroit où nous pourrions trouver à bon marché une modeste demeure. Je ne fus point trompée dans mon

attente. Je trouvai dans la rue du Battoir
deux chambres passablement meublées qui
nous convenaient, et à un prix qui n'allait
pas au-delà de mes moyens. Je m'empressai
d'arrêter cet appartement, je payai le premier mois d'avance, et je m'y établis. Je
prévins l'hôtesse que le lendemain l'on
m'apporterait mes effets. Comme en payant
j'avais eu soin de lui montrer toute ma ri-
chesse, elle me crut sans doute une personne considérable, car elle me fit mille
politesses. Elle me demanda le nom de mon
époux, et je le lui donnai, ainsi l'exi-
geait l'ordre public. Comme toute l'agitation de la journée nous avait empêchés de
manger, je pensai qu'Ernest ne serait pas
fâché de dîner. L'hôtesse m'en eut bientôt
procuré les moyens en m'annonçant que si
je voulais vivre chez moi, il y avait dans la
même rue un traiteur qui nous servirait à
bon compte. J'acceptai son offre, et je

fis dire que l'on nous apportât à dîner.

Pendant que je faisais tous ces petits arrangements, Ernest s'était assis dans l'un de nos trois vieux fauteuils, et la tête appuyée sur l'une de ses mains, paraissait absorbé dans ses réflexions. Je m'approchai de lui, et lui saisissant l'autre main : « Ernest, lui dis-je, mon ami, ne vous livrez point à cette douleur. Eh quoi! aurais-je plus de courage que vous? Rappelez-vous ce moment si doux et si cruel où vous me juriez que vous verriez le bonheur dans une chaumière, si vous deviez la partager avec moi. Eh bien! cette chaumière, nous l'habiterons. Grâces à la prévoyance de mon père, nous y trouverons le superflu. 1500 fr. ne peuvent-ils pas suffire à nos besoins? Oui, avec moi, avec ton amie, tu ne regretteras pas long-temps les superfluités qui nous abandonnent. Tu n'auras plus d'autre serviteur que moi; mais je ne te laisserai rien à désirer. J'irai au-devant de tes moindres besoins, je dresserai ta couche, je préparerai tes aliments, et grâces à mes soins empressés, tu ne connaîtras aucune privation. Ernest, réponds-moi que tu consens à les accepter. » Tout en disant cela, je m'étais mise à genoux, je pressais sa main dans les miennes, et puis je la portais sur mon cœur; il ne resta point insensible à ma prière; et cette stupeur dans laquelle il était plongé depuis si long-temps, se termina tout à coup par un torrent de larmes.

Je me trouvai heureuse de le voir revenu à un état de sensibilité qui pût lui permettre d'entendre mes paroles, qui pouvait ouvrir son cœur à l'espérance. J'étais déjà parvenue à arrêter ses larmes, lorsque le traiteur entra. Je forçai Ernest de se mettre à table, et le besoin de manger qu'il éprouvait, et peut-être les consolations que je faisais pénétrer peu à peu dans son âme, éloignèrent au moins pour un moment la douleur qui l'accablait. Après notre repas, je redoublai de soins et d'attentions. Le valet de chambre le plus zélé n'aurait pu m'égaler pour la régularité du service. Il est vrai qu'il m'eût été difficile d'étendre bien loin mes prévenances, puisque nous ne possédions rien de ce qui peut être utile à une toilette de nuit. D'un petit schâle qui se trouvait sur mes épaules, je lui fis une coiffure, je voulais même lui ôter ses bottes ; mais il s'y opposa : tous ces petits services je les lui rendais avec une espèce d'enjouement qui rappelait par instant le sourire sur ses lèvres... Après avoir entouré sa tête du schâle, je l'entraînai vers la glace pour lui faire juger de mon talent pour coiffer un joli garçon ; et au moment où en riant je m'extasiais sur mon goût, il se répandit sur sa figure un air de bonheur qui l'embellit encore. — « O mon ange !

« me dit-il alors, en me pressant dans ses
« bras, oui, toi seule peux remplacer tous
« les biens de la terre. »

Après avoir assez mal dormi, le matin je
me levai presque aussitôt que j'aperçus le
jour, et en réfléchissant aux moyens d'augmenter notre garde-robe, je me rappelai que
ma femme de chambre m'avait dit en partant
de lui envoyer mon adresse. Je ne voyais
pas bien à quoi sa présence nous servirait,
mais pourtant je songeai que je pouvais
avoir besoin d'elle pour nos petites emplettes. Je résolus de lui écrire un petit mot
à ce sujet. Je descendis donc chez notre
hôtesse pour exécuter mon projet, et je la
priai de faire porter ma lettre à son adresse.
Pendant ce temps Ernest se leva; et comme
ses idées sombres étaient revenues avec le
calme du matin, je redoublai d'efforts pour
le distraire encore, mais cette fois je ne pus
y parvenir. Je ne savais plus quel moyen

employer pour le rappeler à la raison,
lorsque ma femme de chambre entra.

Quoi! dit-elle, avec un air étonné, c'est
ici, Madame, que vous demeurez? Dans ce
misérable appartement. Oh! vous n'y res-
terez pas long-temps; mais en attendant
qu'il arrive un changement dans votre situation, moi, j'ai songé au moment présent. Tandis que vous vous désoliez dans
le salon à la vue de cette troupe de recors,
j'ai vite couru à vos armoires et j'ai porté
dans ma chambre tout ce qui pouvait vous
être d'une première nécessité. François en
a fait autant pour son maître, et tous deux
au moins vous ne vous trouverez pas dans
un dénûment complet.

J'avoue que la nouvelle qu'elle me donna
me fit le plus grand plaisir. Ernest lui
répondit pourtant : « Je devrais peut-
être vous gronder de ce que vous avez
fait. J'ignore si la loi permet cette petite

fraude, mais comme j'espère bien un jour payer la totalité de mes dettes, nous devons profiter sans scrupule de ce que nous devons à votre prévoyance.

Ah! Monsieur, vous pouvez bien être tranquille à ce sujet. C'est un usage reçu dans de pareilles circonstances. On ne peut pas mettre à la porte de chez eux de braves gens sans leur donner au moins de quoi se vêtir. Il est si cruel, après avoir joui d'une grande fortune, de se voir tombé dans la plus affreuse misère...

— C'est assez, Marie, dis-je en l'interrompant vivement. Je vous remercie de votre attachement pour moi; et j'espère qu'un jour je serai en état de vous en témoigner ma reconnaissance. François arriva dans ce moment avec un autre paquet; et grâce à nos domestiques, nous nous trouvâmes, Ernest et moi, à l'abri des premiers besoins.

Nous avions au moins pour quelque temps la nourriture et le vêtement.

A force de petits soins, d'enjouement, de promenades dans le Jardin du Luxembourg, je parvins à rendre à Ernest quelque tranquillité. J'avais fait argent de mes bijoux d'or; et trois quartiers de ma rente que j'avais négligé de me faire payer au temps de ma prospérité, nous arrivèrent fort à propos pour nous donner le nécessaire et même quelquefois des superfluités.

Ce qui me tourmentait le plus était de voir Ernest ne s'occuper à rien. Sans doute il n'abusait pas de son oisiveté, puisqu'il me quittait rarement; mais je souffrais de voir qu'un jeune homme de son âge ne cherchât pas à prendre une carrière quelconque. Tout aimable et tout honnête que soit un homme, il deviendra bientôt importun à la femme qui le chérit le plus, s'il passe tout son temps auprès d'elle dans une insouciante

inactivité. On veut toujours avec raison
qu'un homme ait l'ambition de parvenir à
quelque chose et qu'il fasse tout pour arriver à son but. Ernest était bien dévoré
d'une inquiétude secrète ; mais comme dans
sa jeunesse il n'avait pris aucune direction,
avec toutes ses connaissances et son esprit,
il sentait lui-même qu'il n'était propre à
rien. Aussi végétait-il sans but, comme le
voyageur qui ne suit point un chemin tracé
et qui attend du hasard le gîte où il doit
se reposer. Ces justes réflexions m'inquié-
taient pour notre avenir.

Un soir, que grâce à des billets qui nous
avaient été donnés , nous avions assisté à
la première représentation d'une pièce nouvelle jouée à l'Odéon , nous rentrâmes à la
maison toujours en causant des beautés ou
des défauts de la pièce. Je pris occasion du
sujet de notre conversation pour dire à Ernest que j'étais étonnée que lui qui faisait

de si jolis vers, et qui connaissait si bien
la littérature moderne, ńe s'exerçât pas
dans le genre du théâtre qui offrait à la
fois la gloire et le profit.

Il me répondit qu'il doutait de ses talents pour un genre si élevé; et qu'avant
d'en venir là, il aurait désiré entrer pour
un tiers, ou pour un quart, dans quelque
vaudeville.

— Eh! mon cheŕ ami, lui répondis-je,
vous montrez trop d'ambition. Vous savez
bien qu'il n'est pas donńé à tout le monde
d'aller à Corinthe. Je sais que dans cette
belle carrière on fait la plus brillante fortune; mais pour arriver là, que de connaissances dans tous les genres ne faut-il pas
avoir. D'abord il faut connaître toutes les
pièces que les anciens auteurs ont faites,
celles que les modernes font ou doivent
faire, et de plus avoir une grande correspondance dans les provinces qui font des

19

envois de pièces à jour fixe. Eh puis! quel talent ne faut-il pas pour arranger les pensées des autres avec élégance, pour se faire un théâtre, pour organiser ses claqueurs, pour se rendre les journaux favorables. Oh! quand vous aurez tout cela, vous pourrez alors, avec l'aide d'une quarantaine d'auteurs passés et présents, vous former un beau répertoire, à vous tout seul; vous acquérir une brillante fortune bien légitime, et vous présenter avec confiance pour être de l'Académie française.

Puisque vous n'avez pas tous ces avantages, je vous conseille d'être plus modeste; faites tout bonnement, sans l'aide de personne, une tragédie ou une comédie en cinq actes et en vers. Cela vous produira moins sans doute, mais aussi cela vous sera bien plus facile. Je sais que les caillettes de la société ne feront pas de vous un grand génie, et que vous n'occuperez pas le monde entier de votre gloire ; mais au moins vous n'aurez pas pillé tous vos confrères, vous n'aurez pas la conscience chargée des vols que vous aurez faits dont un jour vous seriez obligé de rendre compte à la postérité.

— Je ne demande pas mieux que de faire une grande pièce , j'y avais même déjà pensé ; mais je suis effrayé de la crainte de ne pouvoir parvenir à la sublimité de nos auteurs modernes , il est désespérant de trouver devant soi des hommes qui réunissent toutes les qualités dramatiques : il ne reste plus rien à inventer après eux.

— Mais, mon ami, fais comme tous ces grands hommes, n'invente pas. Ne te rappelles-tu pas que, dans nos entretiens littéraires, nos amis se félicitaient ouvertement d'avoir pris telle ou telle scène, telle ou telle pensée à d'autres auteurs? Un plus hardi que les autres ne se vanta-t-il pas

d'avoir pris une pièce tout entière à l'un
de nos vieux auteurs vivants, et de n'avoir
changé que le lieu de la scène et le nom
des personnages (1)? Si nos dignes amis
ont agi de la sorte, pourquoi ne ferais-tu
pas comme eux? Car enfin, si la littérature
n'est plus qu'un commerce, et s'il est vrai
que ce genre de marchandise, quoique es-
tampillée du nom du fabricant, peut être
transportée d'un magasin dans un autre
sans être sujette à des droits, rien ne t'empêche de faire comme tout le monde.

— Tu m'offres une voie si large, et tu sais
si bien m'encourager à y entrer, que, si
tu veux m'aider, dès demain nous com-
mencerons une pièce.

—Eh! pourquoi ne t'aiderais-je pas? Il est
aussi très-prouvé qu'au siècle où nous vi-

_____

(1) Historique.

vons un auteur ne peut pas marcher tout seul. Sois tranquille ; je suis certaine d'avance que j'y mettrai beaucoup du mien dans les scènes d'amour.... » Et sur cette idée, comme il était très-tard, nous allâmes nous coucher.

Nous nous mîmes en effet à l'ouvrage dès le lendemain. Afin de nous inspirer par une belle poésie, nous fîmes choix de l'un des chefs-d'œuvre de notre premier poète dramatique ; mais, à mesure qu'Ernest avançait dans sa lecture, je voyais le découragement qui s'emparait de lui.

« — Ah! dit-il, je me trouve arrêté, à chaque page que je lis, par les beautés dont cet ouvrage fourmille. Sans doute je trouverai bien pour ma tragédie des événements aussi neufs, des mots aussi burlesques ; mais je n'atteindrai jamais à ce cliquetis de pensée, à ce pittoresque de l'expression. Oui, je le soutiens, dans ses ouvrages dra-

matiques ce grand auteur a fait ce qu'aucun de ses prédécesseurs n'a fait, et ce
qu'aucun de ses successeurs ne fera jamais.
Quels pas de géant dans la carrière poétique ! Conviens avec moi que ces premières
poésies, ces odes surtout, avaient je ne
sais quoi de classique qui les rabaissait
presque au niveau des odes de Jean-Baptiste
Rousseau (1). Oh ! comme il s'est corrigé

---

(1) Nous ne sommes pas de l'avis de M. Ernest. Nous
admirons les premiers ouvrages du jeune auteur, qu'il
nous paraît blâmer et louer tout de travers. Les derniers,
au contraire, ses romans et ses œuvres dramatiques,
créées sous l'empire d'un faux système, tout en offrant de
la verve et du talent, prêtent souvent à la critique par
une absence de goût et de raison.

Ah ! pourquoi ce jeune auteur s'est-il détourné de la
belle voie dans laquelle il marchait à si grands pas ! pourquoi s'est-il avisé de mépriser Boileau et tant d'autres !
Cela lui a porté malheur. Ce Boileau si décrié par lui et

de ces premiers défauts ! Qui peut maintenant le reconnaître à sa poésie dramatique ? Dites-moi, ma bonne amie, si dans notre ouvrage nous pourrons jamais atteindre à ce style si naturel, si simple ? Un héros peut-il mieux dire qu'il est bâtard ?

> J'ai pour tout nom Didier : je n'ai jamais connu
> Mon père ni ma mère. On me déposa nu ,
> Tout enfant , sur le seuil d'une église. Une femme
> Vieille et du peuple ayant quelque pitié dans l'âme ,
> Me prit , fut ma nourrice et ma mère , en chrétien
> M'éleva , puis mourut , me laissant tout son bien.

Comme ce début est simple ! tu convien-

---

ses partisans leur a pourtant dit comme à tout le monde :

> Aimez qu'on vous conseille, et non pas qu'on vous loue ;
> Faites choix d'un ami prompt à vous censurer.

(Note de l'Éditeur.)

dras que, dans ce genre de vers, on ne sent point la poésie, et c'est le sublime de l'art. »

— Permets, mon ami, que je t'arrache ce chef-d'œuvre des mains. Le lire est un moyen de ne rien faire de bon... Plutôt que de nous décourager par cette lecture, cherchons plutôt à imiter ce grand modèle, et commençons notre ouvrage. »

En effet, nous y travaillâmes avec un zèle infatigable. Comme j'avais vu toutes les pièces modernes et que j'ai beaucoup de mémoire, je fis entrer dans notre plan toutes les scènes qui m'avaient paru les plus dramatiques dans les ouvrages de nos confrères. Cela ne souffrit aucune difficulté. Grâces à notre nouvel art poétique, nous nous embarrassions peu de la vraisemblance, des temps; les lieux n'étaient rien pour nous, et nous sautions à pieds joints par-dessus tous les obstacles que nous opposaient la raison et les convenances. Enfin, après six semaines de travail nous accouchâmes d'un chef-d'œuvre que nous nous promîmes bien d'aller lire au Théâtre-Français. Nous étions certains d'avance de l'effet qu'il produirait à la lecture, car nous avions fait le projet de nous faire accompagner à la réunion des comédiens, selon l'usage de nos grands auteurs modernes, par une vingtaine de nos amis qui s'extasieraient à chaque scène, et même à chaque mot sur la beauté du style et des situations. Chacun d'eux, peintre, poète ou architecte, devait, dans mon plan de réception de la pièce, s'écrier aux beaux endroits : Étonnant ! sublime ! admirable !... Puis, passant de l'ouvrage à l'auteur : « Où diable va-t-il chercher tout cela !... Aussi, voyez quelle tête ! quel front ! quel regard ! C'est Shakespeare tout entier !... » Cette dernière scène bien exécutée, j'étais sûre d'avance que tous les comédiens se seraient mis aux pieds d'Ernest pour jouer notre ouvrage, et qu'il finirait par commander au théâtre en souverain.

Je me chargeai de recopier notre tragédie ; et tandis que je m'occuperais de ce travail, Ernest devait voir nos amis qui écrivaient dans les journaux pour les engager à parler en bons termes du phénomène nouveau qui allait être livré à l'admiration publique. Je savais, par l'exemple de nos auteurs, combien cette petite charlatanerie fait de bien à un ouvrage nouveau, qui sans cela mourrait inaperçu.

Tandis que je travaillais, avec une constance digne de son objet, à faire un beau manuscrit de la pièce, Ernest passait toutes ses soirées hors de la maison. Je ne lui faisais aucun reproche sur ses longues absences, parce que je croyais que toutes ses courses étaient relatives à notre bel enfant. Un soir qu'il revint un peu tard et qu'il me

parut avoir la tête échauffée par le vin et
les liqueurs, je fus toute surprise de l'entendre me parler politique... Ordinairement nous traitions rarement ce sujet, par
la bonne raison que nos affaires nous occupaient bien plus que celles du gouvernement. J'avais bien entendu parler d'émeutes, de jeunes gens qui voulaient changer
l'État; mais n'ayant rien à perdre ou à
gagner à aucun changement, je n'avais pas
fait grande attention à tous les bruits qui
circulaient dans notre voisinage. Cette fois,
Ernest, dans son abandon un peu bachi-
que, me dit des choses qui m'effrayèrent
au dernier point. Il me confia, entre autres,
qu'il faisait partie d'une société qui allait
changer toute la face du gouvernement;
qu'on l'avait fait membre d'un comité qui
venait de disposer un travail qui allait faire
le bonheur du genre humain; que ce n'était
point une monarchie constitutionnelle

qu'il fallait à la France, mais une république dans laquelle on trouverait à la fois la plus grande liberté et l'égalité la plus parfaite; qu'ils espéraient bien qu'on finirait par ne plus percevoir d'impôts, mais qu'en attendant on ne payerait pas un sou aux agents du gouvernement; et qu'enfin il fallait régénérer totalement la France et travailler à une paix éternelle entre les puissances, en commençant à leur faire une guerre générale... Je ne revenais pas de l'entendre parler ainsi, et j'avais toujours sur le bout des lèvres : « Mais, mon ami, « oubliez-vous qu'il n'y a pas un an que « vous vouliez combattre sous les dra- « peaux de Henri V... » Heureusement je me retins, car il me parut très-exalté. Il ne parlait que de tuer tous ceux qui s'opposeraient à sa république. A la fin, le sommeil le surprit au milieu de ses idées révolutionnaires, et une agitation semblable à un cauchemar le tourmenta toute la nuit.

Je n'étais pas encore réveillée qu'Ernest était déjà parti. Je crus qu'il s'était rappelé quelque affaire importante qu'il avait oubliée la veille et qu'il voulait terminer avant déjeuner. Voyant qu'il n'était pas de retour à midi, je ne l'attendis plus. Après mon repas, j'allai demander à mon hôtesse si Ernest ne lui avait pas dit à quelle heure il rentrerait. Elle me répondit avec un air d'humeur : « Oh ! il a bien autre chose à faire ! C'est aujourd'hui qu'on va recommencer la révolution. Tous nos jeunes gens du quartier ont promis de nous donner la république. Je ne sais pas trop si c'est un beau cadeau qu'ils nous feront ; mais je suis certaine que depuis qu'ils en parlent je ne puis plus louer mes chambres, et que tous les étrangers décampent de Paris. » Cette idée de trouble, de ré-

volution me serra le cœur. Ernest peut-
être s'était joint aux perturbateurs de l'ordre public; il ne revenait point, et chaque
instant qui s'écoulait ne faisait qu'accroître
mes inquiétudes. Enfin, vers minuit, on
frappa fortement à la porte de notre allée,
et j'entendis bientôt plusieurs personnes
monter l'escalier, et parler à haute voix
d'une manière confuse. Quel fut mon effroi
quand je vis Ernest entrer dans ma chambre, soutenu par deux jeunes gens qui me
paraissaient encore tout animés d'une querelle récente! Les premiers mots qu'Ernest
me dit quand je m'approchai de lui furent
ceux-ci : « Rassure-toi, ma Juliette, ce ne
sera rien; mais ces maudits ouvriers m'ont
donné dans les côtes un coup de poing qui
me fait beaucoup souffrir. »

— C'est la faute, dit un des jeunes gens
qui le soutenait, du ministre de la guerre
qui a lâché pied; car j'avais très-bien or-

ganisé l'attaque. Tandis que mon arrière-
garde, composée de tous les polissons de
Paris, devait jeter des pierres et des écailles
d'huîtres à la garde nationale, nous, nous
devions nous avancer pour amadouer la
troupe de ligne.

— Moi je crois, dit le second, que c'est
plutôt notre ministre de l'intérieur qui a
fait tout le mal ; mais aussi il a reçu pour
sa part une bourrade dont il se souviendra
long-temps.

— Comment! m'écriai-je étonnée de tout
ce que j'entendais, comment! on a assom-
mé les ministres ? Mais vous avez donc fait
une révolution complète ?

— Eh, Madame! dit l'un des jeunes gens
avec impatience, ce n'est pas du gouvernement du roi que nous parlons ; c'est de
notre ministère à nous. . . »

Comme je n'entendais plus rien à tous
ces genres de gouvernement, je demandai

la permission à ces messieurs de coucher
Ernest, et de pouvoir lui administrer les
remèdes qui pouvaient être nécessaires à
ses contusions.

— Ce ne sera rien du tout, Madame, me
dit un autre jeune homme d'un ton docto-
ral. Avec quelques frictions de flanelle faites
sur la partie souffrante, dans trois jours
il n'y paraîtra plus : vous pouvez m'en
croire, car je serai médecin l'année pro-
chaine. . . »

Dès que je sus que ce jeune homme était
médecin, je me rassurai sur la pâleur d'Ernest et son air de souffrance. Les jeunes
révolutionnaires prirent enfin congé de lui,
en promettant de venir le revoir.

Ernest passa une mauvaise nuit; et je
vis que, dans la crainte de m'inquiéter, il
ne se plaignait pas de ses douleurs. Cependant le matin il se trouva bien mieux. Je
profitai de cet instant pour lui demander

par quel hasard il se trouvait jeté dans une
société qui devait être toute nouvelle pour
lui. Il me répondit qu'ayant fait au café la
connaissance de plusieurs étudiants, et
qu'ayant trouvé parmi eux des gens de
mérite qui parlaient avec une facilité extrême, il ne s'était point refusé à leurs
avances; qu'il les avait suivis dans leurs
réunions politiques, et que là, entraîné
par leur éloquence, il avait adopté tous
leurs principes. « Je m'en suis si bien pé-
nétré, ajouta-t-il, que plusieurs fois, pour
les appuyer, j'ai pris la parole avec un
succès remarquable. Je leur ai prouvé que
la liberté n'existait pas en France; que nous
devions avoir le droit de tout faire; que
le ciel nous avait fait naître dans un temps
où il était réservé à la jeunesse de conduire
l'univers; que tout ce que nos pères avaient
regardé comme bon, comme raisonnable,
devait être renversé, par cela seul qu'ils

20

n'avaient nul droit de nous donner des lois...
La force de mes arguments m'eut bientôt
fait distinguer de tous les membres qui
composaient la société, aussi m'ont-ils
donné une marque de leur estime en me
faisant participer aux travaux du comité
de gouvernement. Dès notre première réunion, notre ministère fut organisé : j'aurais
pu peut-être y parvenir ; mais j'avais tant
de concurrents, et ils se montraient si hos-
tiles les uns contre les autres afin d'arriver
au pouvoir, que je me retirai discrètement.
Je me suis contenté de la préfecture du
Rhône, qui me sera accordée aussitôt que
nous aurons achevé la révolution que nous
avons commencée hier soir d'une manière
assez malheureuse.

— Quoi ! mon ami, tu seras préfet du
Rhône ? Oh ! quelle est ma joie ! Je serai
donc madame la Préfète !... Et quand es-
pérez-vous avoir battu la garde nationale,

et renvoyé ce roi citoyen que tout le monde aime je ne sais trop pourquoi ?

— Mais cela ne tardera pas, nous l'espérons. Nous avons de grands personnages à notre tête, qui nous indiqueront encore le moment propice pour attaquer. Comme dans ce que nous voulons faire le succès peut être incertain, et la lutte dangereuse, nos chefs ne se presseront point de paraître; mais ils nous ont bien promis qu'on les retrouverait aussitôt après que nous aurions triomphé de nos ennemis... Il y a une chose qui m'inquiète dans notre entreprise : je croyais le peuple bien mieux disposé pour nous. Imagine-toi qu'à l'instant où j'allais le pérorer, comme nous étions convenus de le faire avant notre départ; que dans le moment où je prouvais aux ouvriers que nous ne jouissions d'aucune liberté, que je leur disais que le roi n'avait point exécuté les promesses conte-

20.

nues dans le programme de l'Hôtel-de-Ville, un de ces manants m'a demandé quel était ce programme. Comme mes amis ne m'en avaient point instruit encore, je suis resté assez embarrassé.... Alors les ouvriers, voyant mon embarras, ont commencé à me huer. Moi, croyant que ces huées ne tenaient qu'à la difficulté que j'avais à répondre, je me suis mis à crier de toutes mes forces que le roi avait promis dans le programme de leur donner la république... A ce mot de république, ils se sont jetés sur moi et m'ont porté plusieurs coups, dont le plus violent est tombé sur mes côtes; c'est celui qui me fait le plus souffrir. » Après son récit, Ernest voulut se retourner dans son lit; mais au *haï!* qui lui échappa, je m'aperçus que le coup avait été trop bien donné.

Vers le soir, l'état d'Ernest empira; et, comme je vis qu'il crachait le sang, la plus vive inquiétude s'empara de moi. Je fis appeler un célèbre médecin, qui commença par le faire saigner : la fièvre le prit avec violence..... Je ne puis vous exprimer, Monsieur, quel fut mon état pendant tout le temps de sa maladie. Je n'ai pas besoin de vous dire qu'il n'eut que moi pour garde-malade, et qu'il dut peut-être à mes tendres soins le retour de sa santé.

Sa maladie dura deux mois, et lorsqu'il entra dans sa convalescence, je crus renaître à la vie. Le voyant toujours triste, je cherchais à le distraire par des lectures de romans. Mais voyant que les romans les plus modernes ne lui présentaient que des tableaux horribles, des monstres épouvantables ; que leurs auteurs ne déployaient tout le brillant de leur imagination que pour nous peindre des images révoltantes, tels que les squelettes de Montfaucon, les gibiers de la Grève, les angoisses d'une

mort honteuse ; quand je voyais leurs
héros assouvir leurs brutales passions sur
des cadavres, ou de leurs ongles longs
déchirer des chairs palpitantes, et faire
craquer sous leurs dents les os de leur
victime ; enfin quand je ne trouvais partout
que des potences, des roues et des guillo-
tines, je rejetais ces livres qui ne nous ins-
piraient que le dégoût, et je finissais par
dire que s'il était vrai que les auteurs se
peignaient dans leurs ouvrages, tous ces
hommes de lettres ne nous promettaient
pour l'avenir qu'une académie de canni-
bales...Pour remédier au mal qu'avaient produit ces lectures sur l'esprit d'Ernest, qui
tous les soirs en éprouvait des cauchemars,
je pris un moyen fort simple : je lui lus
Don Quichotte et Gil Blas qu'il ne connaissait pas ; et eux seuls achevèrent son entier
rétablissement.

Un jour, qu'après notre lecture, il me

demanda où en était la politique, et si le
roi était toujours sur son trône, je lui répondis que je n'avais point entendu dire
le contraire; mais que s'il m'en croyait, il
ne s'occuperait plus de renverser l'état;
qu'il avait été trop mal récompensé de ses
beaux discours, et que si le peuple dont
les raisonnements ne sont pas ceux de tout
le monde, l'eût rendu perclus pour le reste
de sa vie, les chefs de l'émeute qui ont
toujours soin de se mettre à l'abri des
coups de poing, ne lui eussent pas fait une
pension; que désormais, moi, je ne voulais plus me mêler de politique, et que je
renonçais de bon cœur à ma préfecture
du Rhône.

Il sourit de ma plaisanterie et ne s'occupa
plus que du soin de sa santé. Il allait tous
les jours de mieux en mieux; mais ma
caisse allait de mal en plus mal : le médecin et la pharmacie l'avaient presque mise

à sec. Je commençais à me désespérer de
notre situation, lorsque je me rappelai
que de tous mes petits bijoux que j'avais
vendus, j'avais excepté la bague de Gustave dont je ne me croyais que dépositaire.
Elle était entourée d'assez gros diamants
qui ne m'appartenaient pas, et je me faisais un scrupule d'en disposer pour Ernest.
Cependant nos besoins devinrent si pres-
sants, qu'un matin je sortis sans bruit, très-
simplement vêtue, pour la vendre à un
joaillier de la rue Dauphine. Je reçus du
marchand une assez forte somme qui me
rendit l'espérance et la gaieté.

Un jour qu'Ernest était sorti pour aller
faire sa petite promenade de convalescent,
je vis entrer chez moi un homme très-bien
mis qui me demanda en m'adressant la parole : « Si c'était à Madame de Beaumanoir
qu'il avait l'honneur de parler. » Je lui répondis, en le priant de s'asseoir, « qu'en

effet j'étais la dame qu'il demandait ».
« — Oh Madame! ma commission ne sera
pas longue. Ce n'est qu'une lettre que je
dois vous remettre en main propre. » Au
moment où je m'occupais à décacheter le
paquet, j'entendis le bruit de la porte que
l'inconnu fermait en sortant. Je courus à
lui ; mais il s'écria de l'escalier : « Madame,
excusez-moi ; je sais que la lettre ne demande pas de réponse. »

Tout étonnée des manières de cet étranger, je rentrai chez moi, la lettre encore à
la main. Il me semblait sentir quelque
chose sous son pli. Quel fut mon étonnement d'y trouver l'anneau de Gustave, que
peu de jours avant j'avais vendu, et trois
mille francs en billets de banque. Je voulus
lire avec empressement la lettre qui accompagnait cet envoi, et dès la première ligne
je reconnus l'écriture de mon premier
amant.

LETTRE DE GUSTAVE.

« J'ai appris indirectement tous vos
malheurs au moment même où j'étais à la
recherche d'Ernest afin de pouvoir lui
porter les consolations de l'amitié. Je dés-
espérais d'y réussir quand d'une maison
voisine, je crus vous voir sortir de la
boutique d'un joaillier, tenant à la main un
petit sac d'écus. Votre parure si simple,
votre pâleur qui était extrême, me firent
d'abord douter que ce fût vous ; mais
bientôt à un mouvement de tête que vous
fîtes et qui vous est particulier, je vous reconnus tout-à-fait. Sans dire adieu à la
personne chez laquelle j'étais, je m'empressai de courir sur vos pas, mais n'o-
sant vous aborder, par un sentiment que

vous devez apprécier, je vous suivis jusqu'à votre demeure... Sachant bien votre adresse, je vins alors trouver le bijoutier. Je me doutais que vous veniez de lui vendre quelques bijoux. Il me prouva que je ne m'étais point trompé dans mes conjectures, en me montrant la bague qu'il vous avait achetée. Cette bague, me suis-je dit, qui était autrefois pour moi le gage d'un bonheur à venir, mais qui restait encore celui d'une tendre amitié, n'eût jamais quitté Juliette si quelque circonstance malheureuse ne l'eût forcée à s'en défaire...

« Chère Juliette, à mes yeux, vous êtes la femme de mon ami, de mon ami de collége, qui, malgré quelques justes reproches que j'aurais droit de lui faire, n'en a pas moins conservé tous ses titres à mon amitié. De même que lui, conservez-moi la vôtre. Vous me prouverez encore que vous ne m'avez point oublié en acceptant une seconde fois cet anneau ; afin qu'il vous devienne plus cher, plus précieux, j'ai fait substituer à mon nom celui d'Ernest.

« Vous m'excuserez aussi, chère Juliette, si j'ai pris quelques renseignements sur votre position pécuniaire; mais il m'est impossible de savoir un ami souffrant sans chercher les moyens de soulager ses peines. Si je n'ai pas osé me présenter à votre logement, c'est que, d'après ce qui s'est passé dernièrement entre Ernest et moi, j'ai craint que, trop sensible à ses revers, il ne se trouvât humilié de ma présence et de mes offres. Je connais son caractère noble et bon, mais fier et susceptible; et je crois que le meilleur moyen que je puisse employer pour lui rappeler les droits que donne l'amitié, c'est d'avoir recours à vos bons offices. Employez donc, aimable Juliette, tout le pouvoir que vous avez sur son âme pour lui faire accepter les trois mille francs que vous trouverez ci-joints. Cet argent est la moitié d'une somme qui m'a été payée par l'Institut, comme récompense du prix Montyon, que j'ai remporté. Je veux partager avec lui le bonheur qui m'arrive, comme nous partagions au collége nos plaisirs et nos petits chagrins. Grâces à mon travail, tout me réussit cette année; et, comme on dit, un bonheur n'arrive jamais seul. Je viens d'être nommé substitut du procureur-général à Grenoble, et je pars demain pour remplir mon nouvel emploi. Aussitôt que j'y serai installé, j'écrirai à Ernest, afin qu'il ne doute pas que, dans quelque position que le sort me place à l'avenir, il a un ami, un véritable ami qui lui sera toujours dévoué.

« J'ai vu dernièrement l'un de mes compatriotes, M. Dulongbois. C'est un excellent homme. Il m'a beaucoup parlé de l'oncle de Beaumanoir. Il a trouvé moyen, comme il le dit lui-même, d'adoucir le sauvage que lui seul a la possibilité d'approcher. Malgré la bizarrerie de cet original, M. Dulongbois paraît en faire grand cas. Je n'ose dire qu'il a quelque pouvoir sur son esprit; mais enfin, Ernest pourrait trouver dans ce galant homme un intermédiaire qui lui deviendrait fort utile. Rendez-vous de ma part, ma chère Juliette, chez M. Dulongbois; ne lui cachez rien de votre situation présente et des circonstances qui vous y ont conduite. L'intérêt qu'il ne pourra manquer d'y prendre peut amener pour vous et pour votre ami des temps plus heureux. Vous ne doutez pas du désir que j'en ai, et combien, si la chose était en mon pouvoir, il me serait doux d'y avoir contribué.

« Adieu, chère Juliette; rappelez-moi au

souvenir d'Ernest, et conservez-moi dans vos deux cœurs les sentiments d'amitié que je vous ai voués pour la vie.

GUSTAVE BÉRANGER.»

Cette lettre de Gustave fit sur moi la plus forte impression. Je ne concevais pas qu'un homme si froid et si méthodique en apparence pût être capable d'une si constante amitié pour Ernest, dont le caractère fougueux lui était si opposé. Cependant, en y réfléchissant, je pensai que de ce contraste même leur liaison avait pu naître. L'un tempérait par le calme de la raison ce que l'autre avait de trop ardent, et l'homme froid réchauffait son imagination des idées vives et pittoresques de son ami. Enfin, quelles que fussent les raisons qui eussent fait naître cette amitié, ce qu'il y avait de

certain, c'est qu'elle existait également des
deux côtés. Que de fois Ernest ne me par-
lait-il pas de son ami! que de fois ne s'était-il
pas reproché ses torts envers lui! et comme
je croyais voir dans ses doléances l'apparence d'un regret, je profitais volontiers
de l'occasion pour lui faire une petite querelle qui tournait toujours à mon avantage.

Je n'avais jamais parlé à Ernest du cadeau
de la bague que m'avait fait Gustave. Je
trouvais inutile de ramener ses idées vers
le passé; mais je crus cette fois qu'il était
de mon devoir de lui dire toute la vérité.
C'est ce que je fis aussitôt qu'Ernest fut
rentré. Je lui racontai tout à la fois dans
quel temps j'avais reçu la bague, l'usage
que j'en avais dernièrement fait; et la lettre lui expliqua le motif qui l'engageait à
me la renvoyer.

Ernest, en lisant la lettre de son ami,

ne put s'empêcher de témoigner son attendrissement. Il se plut à rappeler toutes les
circonstances où, dans leurs jeunes années,
ils s'étaient donné mutuellement des preuves
de leur amitié ; enfin, cette lettre répandit
sur son visage un air de bonheur que depuis long-temps je ne lui avais pas vu...
Cependant, en y réfléchissant, il me dit
qu'il n'accepterait point les trois mille
francs de Gustave ; qu'il savait que sa fortune était très-bornée, et qu'il n'aurait pas
trop de six mille francs pour contribuer
aux frais de son établissement ; que, pour
la bague, il me priait de la porter toujours comme le souvenir d'une amitié qui
deviendrait de sa part inaltérable. Quant
à la proposition de voir M. Dulongbois, il
me conseillait de suivre les conseils de Gustave, et de ne rien déguiser à notre respectable compatriote de nos malheurs et de
nos fautes. Il voulut même que je lui por-

21

tasse les trois mille francs de Gustave, afin
que M. Dulongbois trouvât le moyen de les
faire passer à notre ami. « Aussitôt son
arrivée à Grenoble, ajouta-t-il, je lui écrirai pour lui prouver toute ma reconnaissance, mais en même temps pour lui dire
que je n'accepterai point une somme qui,
dans la belle position où il se trouve, doit
lui être indispensable. »

Je crus voir dans le refus d'Ernest un
certain orgueil, qui tenait seulement à la
position misérable où il se trouvait; car je
connaissais trop son cœur pour n'être pas
certaine qu'il se réjouissait intérieurement
de tout ce qui pouvait arriver d'heureux à
son ami. Mais il est de ces caractères, et
Gustave le savait bien, qui se croient tout-
à-fait dégradés dès qu'un ami se présente
pour les aider dans leur mauvaise fortune.

Enfin, quel que soit le motif du refus

d'Ernest, j'ai dû lui obéir, et c'est ce qui
m'a décidée, Monsieur, à faire une démar-
che bien pénible, puisqu'elle m'a contrainte
à vous révéler ma faute, nos malheurs, et
à vous demander pour l'avenir vos conseils
et votre généreuse protection.

FIN DE L'HISTOIRE DE LA JEUNE BRETONNE.

A ces mots ma belle conteuse s'arrêta ; et
comme j'étais encore ému de l'histoire que
je venais d'entendre, je ne pus m'empêcher
de lui dire avec beaucoup d'intérêt, qu'elle
avait bien fait de venir me trouver, et que
je ferais tout auprès de M. de Beaumanoir
pour faire changer sa triste destinée. « Cependant, ajoutai-je, la chose sera bien difficile : il ne m'a parlé qu'une fois de son
neveu, et il l'a fait en des termes que je
n'ose vous rapporter. Il a su par son in-

21.

tendant de Bretagne que son neveu y avait enlevé une jeune personne, et il ne doutait pas qu'il ne vînt avec elle à Paris pour y dissiper sa fortune.

— Le cher oncle a le talent de deviner ! C'est ce que nous avons fait, Monsieur, et en très-peu de temps, comme vous le savez.

— Il est vrai, lui répondis-je en riant, que vous êtes très-expéditifs; mais les fautes sont faites, les regrets ne remédient à rien : le point important est de parer aux événements présents. Si par une délicatesse que je ne peux pas trop expliquer, votre Ernest ne veut pas employer l'argent de Gustave, il ne refusera peut-être pas le mien. Ce n'est pas tout, il faut prévoir l'avenir. M. Dubocage est un homme qu'on ne peut faire agir, et s'il a mis dans sa tête qu'il déshériterait son neveu, soyez bien certaine que rien ne pourra lui faire

changer de résolution. Je voudrais au
moins, en attendant qu'il se prononce dans
son testament, avoir l'occasion de lui parler de son neveu. Il lui pardonnerait peut-
être toutes ses folies, si par quelques bril-
lantes qualités il eût pu fixer l'attention
publique. Je connais bien maintenant le
caractère de notre misantrope : tout en
détestant les hommes, il n'est point insensible à ce qu'ils peuvent faire de grand et
d'honorable.... Mais à propos, ne m'avez-
vous pas dit que notre jeune étourdi s'occupait de littérature, et qu'il faisait des
vers charmants?

—Oh! charmants en effet! tous nos jeunes
poètes pourraient vous l'attester. Dans nos
soirées littéraires, avant qu'on servît le
punch, dès l'instant qu'Ernest se disposait
à lire quelques-unes de ses productions, il
se faisait un profond silence, et dès qu'il
avait terminé sa lecture un concert d'ap-

plaudissements se faisait entendre. Tous
nos jeunes hommes de lettres lui prodiguaient les éloges les plus flatteurs et les
plus mérités... Ah! que n'ont-ils entendu
notre tragédie, celle dont je vous ai parlé
tantôt... Mais cela était impossible. Notre
position malheureuse ne nous permettant
plus de nous composer un brillant audi-
toire, il a bien fallu nous contenter de
notre mutuel suffrage.

— Et en effet vous m'avez parlé d'une
tragédie copiée de votre main?

— Et à laquelle je me flatte d'avoir travaillé. Certes, il ne m'appartient pas d'en
faire l'éloge; mais je puis vous assurer que
nous y avons mis des choses sublimes et
qui nous venaient tout naturellement.

— Eh bien! Madame, apportez-moi,
pas plus tard qu'après-demain, votre œuvre dramatique. M. Dubocage, tout sauvage qu'il est, aime encore les beaux vers;

et certainement s'il s'y trouve quelques passages qui annoncent un homme de génie, je suis convaincu que sans le dire, il pardonnera à son neveu toutes ses folies passées ; il les mettra sur le compte de l'exaltation et de l'indifférence en matière d'intérêt, qui sont toujours le partage des poètes.

— Votre bienveillance, la promesse que vous voulez bien me faire de chercher à nous être utile, me remplissent d'espoir pour l'avenir... Vraiment, vous êtes un bien excellent homme ; je veux vous aimer comme un père, comme un ami... Si l'oncle d'Ernest me croit plus coupable que je ne le suis, qu'il me sépare s'il le faut de mon ami ; mais qu'il n'abandonne pas Ernest à sa misérable situation. » Tout en s'exprimant de la sorte, des larmes roulaient dans ses yeux ; elle pressait mes mains dans les siennes ; enfin elle fit si bien qu'à mon tour je répandis des pleurs.

— Qu'on vous sépare d'Ernest! m'écriai-
je tout ému, vous, son ange gardien!
vous, la meilleure, la plus excellente
femme! vous qué, si j'avais vingt ans de
moins, je choisirais pour ma compagne,
pour mon amie! Non, non, vous n'êtes
point coupable. Si mon cruel voisin voulait vous séparer d'Ernest, moi, en dépit
de tout ce qui en pourrait arriver, je mettrais
tous mes soins à rendre plus respectables
les liens qui vous unissent déjà... Mais ter-
minons cet entretien, les émotions fortes
sont rares chez moi et dérangent la tranquillité de ma vie. Après-demain revenez
me voir, j'imagine en ce moment un plan..
Surtout ne manquez pas de m'apporter
votre manuscrit... En en faisant usage
d'une façon ou d'une autre, peut-être
pourrai-je arriver au but que je me pro-
pose. Ce but est d'obtenir une pension de M. Dubocage, qui puisse faire

vivre son neveu d'une manière honorable. »

Après ces mots, je la congédiai poliment. Fatigué de toutes les sensations que m'avait fait éprouver l'histoire de Mademoiselle de Pontriant, je me reposai dans mon grand fauteuil, où je m'endormis à force de songer aux moyens d'être utile à mes jeunes gens.

Le lendemain, selon mon usage, j'allai faire ma partie d'échecs avec mon vieux solitaire. En jouant, je lui dis que j'avais eu occasion d'entendre parler de son neveu.

« — Est-ce qu'on vous en aurait dit du bien par hasard ? quant à moi, j'espère qu'on ne m'en parlera pas.

— On dit qu'il est fort joli garçon et recommandable par des talents.

— Eh bien ! il peut en faire usage à Paris où je sais qu'il habite avec une gourgandine qui lui a mangé sa fortune...

— Une gourgandine, Monsieur, on vous a trompé. Je conviens qu'il a séduit une jeune fille qu'il n'a pas osé épouser dans la crainte de vous déplaire ; mais cette jeune fille est bonne, sensible...

— Oui, comme elles le sont toutes. Mais où diable en voulez-vous donc venir en me parlant de ce mauvais sujet ?

— Il est plus malheureux que coupable, et je suis bien convaincu que si vous connaissiez l'état fâcheux dans lequel il se trouve, vous auriez pitié de son malheur...

— Moi, je n'ai pitié du malheur de personne.

— C'est votre sang qui coule dans ses veines.

— Mon sang s'arrangera comme il pourra, et je laisserai couler mon sang. »

Comme je craignais de le pousser trop loin, j'en revins à lui demander presque timidement qui l'avait si bien instruit de la conduite passée d'Ernest.

« — Eh! ce sont ses créanciers qui sont parvenus à me déterrer, je ne sais comment, et qui sont venus me prier de payer les dettes de mon cher neveu; mais, parbleu! je les ai bien attrapés.

— Qu'avez-vous donc fait?

— Je me suis moqué d'eux, cela m'a amusé un instant. Vous entendez bien que d'après mes ordres ordinaires on ne les a pas reçus, mais ils ont laissé à ma porte leur adresse. Un jour que je n'avais rien de mieux à faire, j'ai voulu savoir quelles étaient les dettes de mon unique héritier. A cet effet je les ai tous fait inviter à se rendre chez moi le même jour et à m'apporter leurs mémoires. Vous concevez leur joie. Ils sont arrivés; et après les avoir fait attendre deux heures dans mon antichambre, on les a introduits dans cet appartement. J'ai commencé par

les remercier de leur bienveillance pour
mon neveu ; puis je leur ai demandé s'ils
avaient beaucoup à s'en plaindre. Tous
m'ont répondu que c'était un jeune homme
charmant, et tous enfin m'ont fait l'éloge
de ses belles qualités. Le libraire trouvait
que c'était l'homme le plus instruit et le
plus aimable de Paris ; le tapissier, qu'il
avait le meilleur goût ; le tailleur, qu'il n'a-
vait pas son pareil pour se mettre avec élégance ; le marchand de chevaux, qu'il se
connaissait parfaitement en race, et qu'il
avait bien su prendre dans ses écuries le
meilleur coureur ; la marchande de modes,
que personne ne s'entendait mieux que lui
à habiller une femme ; enfin, c'était un
concert de louanges à m'en rompre la tête ;
il a fait naître entre nous le dialogue sui-
vant :

— Vous n'avez donc point, Messieurs, à
vous plaindre de mon neveu ?

— Aucunement, Monsieur ; il méritait toute notre confiance.

— Ainsi vous le reconnaissez pour un homme plein d'honneur ?

— Il ne nous a pas donné la preuve du contraire.

— Et quel est donc le motif qui vous amène vers moi ?

— C'est dans l'espérance que vous voudrez bien acquitter les dettes de cet aimable jeune homme.

— Est-ce que c'est moi qui vous ai commandé toutes ces dépenses ?

— Non, certainement ; mais comme il doit être votre héritier, et qu'il est d'usage qu'un oncle qui est bon paie les dettes de son neveu.....

— Oui, les oncles de comédie qui sont toujours bons ; mais moi, je suis très-mauvais, et je ne paie les dettes de personne.

— Mais, Monsieur, qu'est-ce que cela

vous fait, puisqu'il doit hériter de vous?

— De moi! me suis-je écrié avec fureur.
Moi! lui laisser ma fortune! Il n'en tâtera,
ma foi, pas plus que vous.... A ces mots,
leurs figures se sont allongées d'une façon
si comique, que j'ai éprouvé un véritable
plaisir à leur rire au nez; puis, les congé-
diant à ma manière, j'ai fini par leur dire:
« Messieurs, mon neveu ne vous paiera
pas, car il n'a pas un sou, et moi je ne veux
pas vous payer, par la bonne raison que je
ne vous dois rien. Si vous n'êtes pas contents du jeune homme que vous trouvez
si aimable, allez au diable avec lui! » Alors
ces messieurs se sont avisés de se fâcher:
ils criaient, ils juraient. Ennuyé de tout
cela, j'ai, selon l'usage des grands seigneurs
d'autrefois, appelé tous mes gens qui, sans
autre cérémonie, les ont mis à la porte...
Eh bien! cette scène m'a beaucoup diverti;
et depuis que mon neveu existe, c'est le

seul moment de satisfaction qu'il m'ait donné. »

Comme je vis que j'avais mal choisi l'instant pour parler d'Ernest, je cherchais les moyens de détourner la conversation, lorsque M. Dubocage me dit presque brutalement :

— Eh bien ! quelle mine faites-vous donc ? C'est au moment où je suis en gaieté que vous m'apportez la plus sotte figure...

— En effet, je n'ai pas l'esprit disposé à la joie ; les affaires publiques m'inquiètent.

— Est-ce que cela irait mal par hasard ? Bon ! contez-moi donc cela ?

— Concevez-vous une chambre que je crois le résultat du plus pur patriotisme de la France, dont les députés n'y doivent parler que dans l'intérêt de la liberté ; concevez-vous que les chefs même de l'opposition ne font retentir ses voûtes que de l'éloge de Napoléon, du plus heureux et du plus audacieux despote du monde? Mais comment arrange-t-on l'amour de la liberté avec celui du despotisme?

— Comment, cela vous étonne! Mais vous savez bien que les anciens courtisans du pouvoir impérial s'arrangent tous très-bien pour leur plus grand intérêt... Oh! je connais ces hypocrites! Je parie qu'ils crient plus fort que tout le monde : *Liberté! Égalité!* et pas un seul n'est de bonne foi.

— Oh! pardonnez, j'en connais beaucoup parmi nos guerriers, nos hommes d'État et nos gens de lettres qui, éblouis par la gloire, ont pu un instant oublier la liberté; mais qui maintenant ont le désir sincère de jouir de tous ses avantages.

— Permis à vous de le croire; mais pourtant ne vous y fiez pas. Chaque animal a son instinct. Empêchera-t-on jamais le serpent de ramper, et le tigre de dévorer? Dans tous ces hommes dévoués à Bonaparte, s'il n'y a pas tout-à-fait du tigre, il y a au moins beaucoup du serpent. Ne voyez - vous pas comme ils savent se replier? Naturellement insolents parce qu'ils s'imaginent que la gloire de leur patron s'est reflétée sur eux, ils savent cacher leur orgueil sous le bonnet républicain; mais en résultat, il n'y a pas un de ceux qui ont loué ou servi de cœur Napoléon, qui n'ait le projet de faire triompher son système de gouvernement dans la personne d'un de ses descendants. Ils savent très-bien que le mot Charte n'est qu'un mot vide de sens pour le peuple, et que le peuple qui ne connaît pas encore d'autre patriotisme, se battrait pour l'ombre de Napoléon, de l'usurpateur qui lui a ravi tous ses droits. Allez, allez, qu'ils arrivent au pouvoir et vous n'aurez bientôt

plus rien de ce que vous possédez encore.
Au lieu de liberté de la presse, de liberté
individuelle, de députés qui parlent ou qui
déraisonnent, vous aurez de bons soldats
qui vous fusilleront sur l'ordre de leur
chef, et qui, tout en vous parlant égalité,
ajouteront encore du clinquant à leur nouvelle noblesse.

— Oh ! je ne crois pas que jamais on en
vienne là.

—Par le temps qui court on en viendra à
tout ce qui est fou, ridicule et cruel... N'ai-
je pas vu bien d'autres métamorphoses !
n'ai-je pas vu nos fiers républicains, ces
bêtes féroces qui ne voulaient d'autre liberté
que celle de tuer tout le monde et de se
tuer eux-mêmes, devenir les plats valets
d'un général ? Ne les ai-je pas vus découper
leurs bonnets rouges pour s'en faire des
cordons ; et, rassasiés de sang, être les
premiers à nous reforger les chaînes que

nous avions rompues en 89?... Oui , je le répète, puisque dans l'enceinte où se discutent
les lois, les représentants d'une nation qui se
dit libre, osent honorer le despotisme, faire
ouvertement l'éloge de l'usurpateur qui
ravit au peuple tous ses droits , qui viola
toutes les lois, et qui , même en leur nom,
commit dès crimes ; la nation française est
perdue sans ressource... Va , race corrom-
pue ! tu ne mérites aucune pitié ; le ciel ne
t'a formée que pour ramper en esclave devant un habit doré !

— Ah ! dis-je aussi avec quelque chaleur,
je ne crains pas le résultat des intrigues de
tous ces vieux napoléonistes. Je craindrais
plutôt une génération de jeunes républicains, qui nous tourmentent de leur impatience ambitieuse. Ils veulent absolument
être quelque chose , et, pour y parvenir,
ils mettraient le feu aux quatre coins de la
France.

— Mais tous les ambitieux en feraient autant. Est-ce que vous croyez que ces prétendus sages, que vos grands hommes populaires qui forment l'opposition, ne voteraient pas demain la guerre civile, si elle pouvait les conduire au ministère ?

— Oh! sur cela je suis de votre avis. Je ne sais si cela tient aux évènements qui se passent sous mes yeux; mais je sens qu'en politique je deviens aussi misantrope... Je me sens indigné quand je vois des jeunes gens distingués par leur éducation, choisir un Robespierre pour patron, en porter le costume, applaudir à ses crimes; quand je vois surtout l'un de nos plus grands poètes déifiant ce misérable, oser nous dire qu'il faut *que la liberté ait les pieds dans le sang*, et que *le triangle d'acier, vulgairement appelé guillotine, se promène dans toutes les rues*, pour nous donner une république à la façon des infâmes bourreaux qui seront la honte éternelle de la France.

— Bravo! s'écria notre misantrope en se frottant les mains. Oh! quand ce parti sera réuni à celui des carlistes et des napoléonistes, la belle besogne qu'ils vont faire. Je parie que déjà les journaux de ces différents partis parlent le même langage et qu'ils s'appuient tous comme de bons frères... Je parie que votre opposition qui ne veut renverser le ministère que pour son intérêt particulier, s'aide de leur turbulence, de leur intrigue et de leurs calomnies. Oh! que vous me réjouissez de m'apprendre ces bonnes nouvelles!... J'espère vivre assez pour voir ces trois partis aux prises, et se déchirer entre eux pour obtenir la curée... Si ce sont les républicains qui l'emportent, j'ai à la disposition de cette pépinière de jeunes robespierristes un petit recueil de pensées que

j'ai entendu sortir de la bouche des sans-
culottes du bon temps. Parbleu , puisque
je me les rappelle il faut que je vous les
dise; elles pourront , selon le parti que
vous adopterez , vous servir peut-être à
quelque chose (1).

« Jésus-Christ est un prophète , Marat
« est un Dieu.

« Le sang féconde le sol de la liberté et
« affermit sa puissance sur des bases iné-
« branlables.

« *Osez* : ce mot est toute la politique
« de la révolution. En révolution , l'autorité
« appartient aux plus scélérats.

---

(1) Le Misantrope n'aurait-il pas connu les *Veillées
Politiques* de M. de Saint-Priest ? Cependant on peut
supposer que ce vieillard ayant été le collègue des auteurs
de ces belles sentences , peut les avoir entendues de
leur propre bouche.

« En révolution quiconque s'arrête est
« écrasé.

« S'il faut être brigand pour le bonheur
« des peuples : soyons brigands.

« Nous brûlerons toutes les bibliothè-
« ques, car il ne faudra plus que l'histoire
« de la révolution et les lois qu'elle aura
« produites.

« Un peu de baume ne suffit pas pour
« une cure difficile ; il faut tailler dans le
« vif et couper les membres gangrénés.

« Que les Français périssent pourvu que
« la liberté triomphe.

« Il faut chaque jour un bain de sang à
« la liberté ; on n'en saurait trop verser.

« Il faut étêter le corps social pour que
« la république pousse de fortes racines.
« Ce n'est que 3oo,ooo têtes environ à
« faire sauter.

« La liberté a perdu un jour, on n'a pas
« guillotiné.

« La pitié est un signe de trahison. Ce
« qui constitue la république est la destruc-
« tion de tout ce qui lui est contraire.

« Une nation ne se régénère que sur des
« monceaux de cadavres.

« Quand nous n'aurons plus de fonds, nous
« ferons battre monnaie sur la place de la
« Révolution.

« Il n'y a que les morts qui ne reviennent
« pas.

« Qu'est-ce que la guillotine? Un lit un
« peu plus mal fait qu'un autre.

« Socrate et Robespierre, Aristide et
« Marat, grands hommes!

« Exterminez tout ce qui n'est pas réelle-
« ment et franchement sans-culotte : la pitié,
« la sensibilité sont des crimes de lèse-liberté.

« Tuez tous les ennemis-nés de la répu-
« blique, si vous ne voulez pas qu'ils tuent
« la république, la sainte et immortelle
« république!

« Ce n'est pas assez de guillotiner les
« conspirateurs ; il faut guillotiner les for-
« tunes coupables. —Allez dans les maisons
« des conspirateurs, vous en avez le droit;
« saisissez leur or, et venez le déposer sur
« l'autel de la patrie. »

Je pourrais encore augmenter beaucoup
mes citations ; mais je crois que, dans ce
petit nombre de sentences, il y a suffisam-
ment de quoi faire l'éducation des jeunes
républicains de nos jours, qui me semblent
déjà très-avancés dans l'ancien système de
la république une et indivisible. »

Heureusement qu'on vint annoncer le
dîner, ce qui mit fin à notre discussion. En
dînant, nous laissâmes là la politique, qui
m'avait mis tant de noir dans l'imagination. Nous allions quitter la table quand
je me rappelai la position fâcheuse des pauvres amoureux ; et comme M. Dubocage
n'était jamais plus abordable que vers la

fin du repas, j'osai encore lui parler de
son neveu. Je lui dis qu'il était tombé malade chez une femme qui en prenait soin;
je lui dis enfin que c'était son goût pour
la littérature qui l'avait conduit à l'état misérable où il se trouvait.

— Comment? pour la littérature! reprit
M. Dubocage avec un air de curiosité.

Je vis que j'avais touché l'endroit sensible, et que tout misantrope qu'il était, il
faisait encore quelque cas des productions
de l'esprit. Aussi l'assurai-je avec un air
de confiance, que son neveu aimait les lettres à la folie, et que c'était la seule cause
de sa perte. « Vous savez que le goût des
lettres absorbe tout entier; que, dès qu'on
en est atteint, on ne prend plus aucun intérêt aux affaires de ce monde.... » Comme
M. Dubocage souriait malignement en m'é-
coutant, j'ajoutai avec importance: « Il allait
donner la plus grande preuve de son ta-

lent, au moment où il a été obligé de se cacher à cause de ses créanciers.

—Et quelle est donc cette belle preuve de son génie dont il voulait doter son pays ?

— Je crois qu'il a fait une tragédie en cinq actes, en vers, que les Français devaient représenter, et que le public attend avec la plus vive impatience. »

Le malin vieillard, à l'instant où je lui parlais avec un air tout sérieux, semblait vouloir m'embarrasser en me regardant.

—Ah! mon neveu a fait une belle tragédie, dites-vous? Eh bien! il n'en retirera pas de quoi payer ses bottes.

— Ce n'est pas ce que croit une dame chez laquelle il demeure. Elle prend soin du poète, le loge et le nourrit, dans l'espoir que cet ouvrage peut suffire à ses dépenses.

—Pauvre femme, que je la plains! Par-

bleu! dit-il en souriant, je voudrais bien
voir quel chemin mon cher neveu a pu
prendre pour inscrire son nom au temple
de mémoire.

— Cela ne vous sera pas difficile. Cette
dame est venue me voir hier, pour me dire
que votre neveu était malade; mais, quoique ne lui étant attachée par aucun lien,
elle ne veut pas l'abandonner par humanité à sa malheureuse destinée.

— Et vous croyez toutes ces balivernes?
Cette femme-là est sans doute une de ces
donzelles sans nombre qui lui ont aidé à
vider sa bourse; à présent elle veut vous
arracher quelques écus : et vous donnez
là-dedans comme un sot! »

— Mais elle ne demande rien ni à vous,
ni à moi : c'est une femme bien élevée, et
que j'estime beaucoup.... Si je la priais
d'apporter la tragédie de votre neveu, cela
pourrait vous amuser autant que ses créan-

ciers. D'ailleurs, vous vous y connaissez,
vous; et comme vous avez travaillé pour
le théâtre dans votre jeunesse, vous pourriez dire à cette pauvre dame si cela vaut
quelque chose.

— Oui, oui, j'ai fait une pièce dans ma
vie;

Mais je me suis gardé de la montrer aux gens.

Au reste, vous avez raison; faites venir la
femme au manuscrit. Oui, en effet, elle
m'amusera autant que les créanciers. Elle
me quittera peut-être aussi satisfaite de ma
conversation, que ces messieurs m'ont paru
l'être de la manière dont je les ai congé-
diés... Je crois que je change de caractère:
le monde est une si drôle de chose, que
maintenant je veux rire de tout. »

Je lui demandai l'heure qui lui serait
convenable pour le lendemain, et je le quit-

tai très-content du succès de mon ambas-
sade.

Madame de Beaumanoir, car je veux
maintenant lui donner ce nom , quoiqu'elle
n'ait point encore de droit à le porter,
fut exacte à l'heure que je lui avais indi-
quée. Elle avait apporté avec elle, comme je
le lui avais recommandé , son énorme manuscrit. Je lui annonçai en entrant qu'elle
allait m'accompagner chez M. Dubocage.
A cette nouvelle elle se mit à trembler. Je
calmai ses craintes, en l'assurant qu'il ne
verrait en elle qu'une étrangère qui avait
donné un asile à son neveu, et je lui re-
commandai bien de cacher son trouble, de
ne rien dire qui pût la faire découvrir. Si
par hasard, lui dis-je encore, vous m'entendez avancer des choses contre la vérité,
gardez-vous bien de me démentir; il faut
même les appuyer d'après certains signes
que je vous ferai... Sa leçon bien faite,

nous nous rendîmes chez le bourru. On m'annonça, et je pénétrai dans son cabinet avec la prétendue étrangère, qui n'était pas trop rassurée.

— Ah ah! vous voilà, voisin! me dit-il d'un air malin, et sans doute aussi avec la tragédie.... Oh, certainement! car voilà la dame.... Il prit alors ses lunettes, et regarda madame de Beaumanoir, qui était très-simplement mise, et qui tenait de plus un voile abaissé sur ses yeux... Après l'avoir regardée quelque temps : — Mauvaises lunettes! s'écria-t-il, je n'y vois rien!

Il se plaignait de ses lunettes; il aurait tout aussi bien fait de se plaindre de ses yeux.

Puis il reprit la parole.—C'est donc vous, Madame, qui avez recueilli chez vous mon neveu, et qui comptez, pour vous payer de vos frais, sur les honoraires de sa tragédie ?

Madame de Beaumanoir me regardait tout étonnée; je lui fis signe de répondre par une affirmation.

— Je vous fais mon compliment de prendre de tels gages. Je ne croyais pas qu'une pareille denrée eût cours dans le commerce. Et sur quel pied ce jeune homme est-il chez vous ?

— Mais sur le pied d'un pensionnaire, répondis-je promptement : Madame en a plusieurs autres... Et, sur mon signe, elle convint du fait.

— Et les choisissez-vous tous de cet âge-là ? dit M. Dubocage en fixant malignement ses yeux sur elle.

— Mais, répondit timidement cette pauvre femme de plus en plus embarrassée, j'ai des pensionnaires de tout âge ; mais il est le plus intéressant de tous, car il est malade.

— Et vous payent-ils tous en même

monnaie? ont-ils tous une tragédie en poche?

Je ne dictai pas de réponse à madame de Beaumanoir. Je vis à un léger sourire qu'elle avait saisi parfaitement mon idée. Quand il s'agit de tromper, les femmes entendent toujours à demi-mot... Elle répondit donc à la question, « que tous ses pensionnaires ne l'intéressaient pas également; mais que lorsqu'elle voyait un malheureux jeune homme abandonné de tout le monde, elle croyait qu'il était de son devoir de ne pas le livrer au désespoir, et d'attendre du fruit des talents du jeune poète un paiement que sa probité lui garantissait ».

— Eh bien! oui, sa probité, Madame; on n'est point un honnête homme quand on dépense plus qu'on n'a, quand on fait perdre ses créanciers... Et cet argent comment l'a-t-il dépensé? Avec des je ne sais

23

qui, qu'il a prises je ne sais où... » En disant ces mots, il la regardait de la manière la plus singulière, et avait même l'air de jouir de son embarras.

Notre pauvre dame ne savait où se fourrer ; elle s'agitait sur son fauteuil, toussait, me regardait... Je vins bien vite à son secours en disant à M. Dubocage : « Il ne s'agit pas de ce que votre neveu a fait au temps passé, mais seulement de l'œuvre dramatique qui doit le tirer de l'embarras où il se trouve.

— Eh bien ! où est donc ce manuscrit ? je suis curieux de voir de ses œuvres.

— Le voilà, Monsieur. J'ose espérer que cet ouvrage pourra vous plaire.

— Oh ! je pense d'avance comme vous, Madame, dit-il du ton le plus ironique ; je suis sûr que c'est quelque chose de superbe. »

Il se mit alors à lire le manuscrit à voix

basse. Il n'en était pas à la seconde page
que son front se rembrunit. Nous avions
tous les deux les yeux fixés sur lui, et, à
chaque grimace qu'il faisait, la petite
femme me regardait avec un air qui m'eût
fait rire dans tout autre moment.

« Quel pitoyable style! disait-il entre ses
dents. Mais où diable en veut-il venir?...
Ah! ah! un des héros qui vient de naître;
mais dans un quart d'heure nous le verrons
grand garçon... Cela est-il possible! une
femme qui sort du cercueil et qui vient
parler d'amour... Bien, voilà un bâtard qui
ne sait ce qu'il dit, et puis une femme qui
ne sait ce qu'elle fait... Ah, parbleu! voilà
qui est fort! une femme qu'on va violer
sur la scène!...

— Non, Monsieur, la toile se baisse,
s'écria la pauvre patiente avec un ton de
dépit.

— Oh! qui pourrait imaginer cela!... Une

23.

autre femme qui rentre toute rouge des baisers... O sots Parisiens que vous êtes ! vos mœurs sont donc bien corrompues pour qu'on ose vous présenter de pareils objets ! Ce que le roman ne pourrait offrir au cynisme du libertin , vos poètes le portent sur la scène.

« Quel détail dégoûtant de potences, de supplices, de cadavres ! quelle incohérence dans les idées ! quels hommes ont jamais parlé de la sorte , dans un style si barbare! Je ne puis aller plus loin , j'en ai des nausées... Va , misérable écrivain ! ton œuvre est celle d'un fou , et ta place est à Charenton !... »

(Il jette le manuscrit sur le parquet.)

—Je ne me suis donc point trompé, dis-je en m'approchant de M. Dubocage; en vous faisant lire cet ouvrage, j'ai voulu vous faire juger par vous-même jusqu'à

quel point la tête de votre pauvre neveu
est dérangée.

— Mais, Monsieur, je vous assure, dit
madame de Beaumanoir toute tremblante
de voir que je parlais comme M. Dubocage,
que sa tête.....

— Quoi ! Madame, lui répondis-je en
lui faisant toujours mes signes, n'êtes-vous
pas convenue avec moi qu'il a un caractère
singulier, qu'il change à chaque instant
d'opinion, qu'il veut être tantôt chouan,
tantôt républicain, tantôt prêtre d'un nouveau Dieu ?

— Il est vrai que je l'ai vu souvent agité
de pareilles idées.

— Vous conviendrez donc que sa tête...

— Oui, Monsieur ; mais son cœur est
si bon...

— C'est un fou à lier, dit M. Dubocage
avec emportement : il me suffit de cette
pièce pour le juger.

— Je m'étonne que Madame n'en con-
vienne pas, car elle doit se connaître en
folie. Il était un temps où sa maison était
ouverte à des fous.

— Je ne puis pas en disconvenir ; mais,
grâces au ciel, je n'en reçois plus dans ma
maison. »

Voyant qu'elle me secondait parfaitement, — Mais, ajoutai-je, en vous payant
une pension suffisante, vous consentiriez
à garder votre malade ?

— Mais Madame, pour se payer, dit
notre misantrope avec un rire malin, ne
compte-t-elle pas sur la tragédie ?

— Il est vrai, Monsieur. Mais comme je vois qu'elle déplaît à un connais-
seur.....

— Oui, Madame, je m'y connais ; et je
vous garantis qu'une pareille rapsodie n'a
pu sortir que d'un cerveau fêlé.

—Ainsi voilà votre gage réduit à rien, et

quelle que soit votre bienveillance pour ce jeune homme...

— Que puis-je faire à cela ? il faudra bien me résigner : c'était pourtant la seule ressource que M. Ernest pût m'offrir.

— Oh non ! tant de générosité de votre part mérite une récompense ; n'est-il pas vrai, M. Dubocage ?... D'abord, on ne vous privera point de votre malade.

— Il est bien heureux que mon mauvais sujet de neveu ait perdu la raison. Cela seul me force à consentir à faire quelque chose pour lui. »

A cette parole il parut sur la figure de la pauvre jeune femme un rayon de joie ; elle devina tout de suite quel avait été mon projet en apportant le manuscrit et le parti que je comptais en tirer.

— Eh bien ! Madame, soit. Je vous paierai une pension pour mon neveu, car enfin c'est mon sang, comme il le dit. En effet, il faut bien que j'oublie ses torts, puisqu'il est maintenant dans l'impossibilité d'en avoir d'autres... Dulongbois, vous donnerez 4,000 fr. par an à Madame.

—Oh! vous pourriez encore ajouter deux mille francs... S'il allait devenir furieux...» Et me retournant alors du côté de madame de Beaumanoir, je lui dis d'un grand sang-froid : « Est-il souvent furieux, Madame?

— Oui , Monsieur, quelquefois, répondit-elle assez gaiement.

— Alors , il vous faudra deux domestiques pour le surveiller. Et puis , le médecin , les douches...

— 6,000 fr. soit, dit avec un air d'impatience M. Dubocage ; mais , Madame, beaucoup de douches... »

Trop heureux de cette parole , nous profitâmes du moment pour nous éloigner ; et nous étions déjà sur l'escalier que M. Dubocage nous criait encore : « Beaucoup de douches ! Madame , n'épargnez pas les douches! »

Nous étions à peine dans la rue que je me mis à éclater de rire : elle en fit autant.

— Eh bien ! lui dis-je, comment trouvez-vous que j'ai conduit cette affaire ?

— Vous êtes bien malin , me répondit-elle ; mais vous êtes bien bon. Comment avez-vous donc su que cette pièce était mauvaise au point...

— Ne m'aviez-vous pas conté la manière dont vous l'aviez faite ; et ne connais-je pas d'ailleurs le genre de littérature de vos amis ?... D'après les idées de M. Dubocage, d'après son enthousiasme pour nos chefs-d'œuvre, je n'ai pas compris qu'il ait eu la patience de parcourir aussi long-temps votre bel ouvrage. J'ai cru qu'il allait s'emporter dès la première scène , ce qui m'eût fort embarrassé ; mais heureusement il en est venu de lui-même à la conclusion à

laquelle je voulais le faire arriver. » Tout
en causant ainsi nous entrâmes dans ma
maison. Je commençai par lui compter un
semestre de sa pension. Cela fait, je lui
conseillai d'enlever Ernest de Paris, et
d'aller vivre tous deux en province. «Quant
aux douches, lui dis-je en riant, je ne
vous crois pas obligée de lui en faire donner; mais ce que je vous invite à faire
dans son propre intérêt, c'est de lui faire
apprendre tous les jours dix vers de Boileau, puis après de Racine, de façon que
si je parviens avec le temps à le rapprocher
de son oncle, il puisse lui prouver qu'il
connaît et qu'il aime ses auteurs favoris. »

— Oh! croyez que je suivrai toujours
vos conseils; car je suis certaine que nous
nous en trouverons bien. Puisque vous le
désirez, je vous ramènerai Ernest avec
une éducation toute classique. C'est le seul
genre de douches que je puisse lui faire ad-

ministrer. Adieu, notre bon, notre respectable ami... Tenez, en partant il faut
que je vous embrasse ; » et la petite folle se
jeta dans mes bras, ce qui me rendit son
adieu très-agréable.

Pendant quelques mois je n'entendis
point parler de nos jeunes gens, et j'étais
très-étonné de leur silence ; car madame
de Beaumanoir m'avait bien promis de
m'écrire aussitôt qu'ils seraient établis
dans une ville de province. Je commençais
à m'inquiéter pour eux. Sans m'en apercevoir, leurs folies et leurs malheurs avaient
fini par m'intéresser... Pour surcroît d'inquiétude, je vis que la santé de M. Dubocage s'altérait sensiblement, et sa haine
contre le genre humain s'augmentait encore
de ses souffrances. J'aurais bien voulu lui
parler de son neveu, mais je n'en avais
point reçu de nouvelles. Je finis par craindre au contraire qu'il ne m'en parlât. Si

M. Dubocage venait à mourir, je sentais bien
que dans la mauvaise disposition d'esprit
où il se trouvait contre Ernest, il le déshériterait complètement. Ma seule espérance
était que l'oncle ne se croyant pas aussi
malade qu'il l'était, ne ferait point de testament. Cependant cet espoir m'abandonna bientôt en réfléchissant qu'un original comme lui ne quitterait point la vie
sans se signaler dans ses dernières volontés
par quelques traits de son caractère. Car
les morts comme les vivants veulent aussi
faire parler d'eux. Enfin, quelles que fussent
les dispositions de M. Dubocage pour son
neveu, j'aurais volontiers transigé avec
lui, s'il m'eût promis de lui laisser la pension que j'avais eu bien de la peine à lui
arracher. Ce qu'il y avait de plus embarrassant dans tout cela, c'est qu'il m'était
impossible de sonder ses intentions à ce
sujet; et le seul mot de testament l'eût

jeté dans une colère furieuse qui, dans
l'état de faiblesse où il se trouvait, aurait
pu lui coûter la vie. Je résolus donc d'attendre tout des circonstances, qui souvent
nous servent mieux que toutes nos pré-
voyances.

Un soir pourtant, en rentrant chez moi,
je trouvai une lettre timbrée de Grenoble.
Je l'ouvris avec empressement, et je reconnus l'écriture de la fameuse tragédie.
En effet elle était de madame de Beaumanoir.

« Mon respectable ami,

« Excusez-moi si j'ai tardé à vous écrire,
Ernest seul est coupable de ce retard. Avant
de se fixer dans une ville de province, il
a voulu faire un voyage en Suisse ; et tous
deux nous avons parcouru ce pays comme de

vrais artistes, le bâton blanc à la main et
le sac sur le dos; bien entendu que c'était
Ernest qui portait tout le bagage. Vous ne
pouvez concevoir combien nos courses
dans les montagnes ont fait de bien à sa
santé et à son talent pour le dessin. Vous
ignorez peut-être qu'il est un excellent
artiste; il vous le prouvera en vous montrant son portefeuille, qui deviendra d'un
grand prix pour un véritable amateur. »

(A cette phrase je ne pus m'empêcher
de rire en me rappelant le manuscrit et son
juge : « Oui, dis-je, qu'il montre son portefeuille à son oncle, et il le traitera
comme il a traité son œuvre dramatique. »
Après cette belle réflexion, je continuai
ma lettre.)

« Enfin, nous sommes de retour de nos
courses. En passant à Grenoble nous sommes allés voir Gustave. Je n'ai pas besoin
de vous dire qu'avant de partir de Paris,

Ernest avait renvoyé à son ami les 3,000 f. qu'il lui avait si généreusement prêtés, avec une lettre pleine de reconnaissance et d'amitié... Je ne peux vous exprimer l'accueil aimable de Gustave, et Ernest en le revoyant a de même éprouvé le plus vif plaisir. Gustave, après avoir vu notre portefeuille, est tout-à-fait d'avis que mon ami se livre à la peinture. Cet avis est aussi le mien ; car j'espère bien qu'il y réussira. C'est d'ailleurs un genre d'occupation qui convient tout-à-fait à ses goûts.

« A propos du genre de remède que vous m'avez ordonné de lui administrer pour suppléer les douches, je vous dirai que cela réussit parfaitement. Gustave , qui vient nous voir à peu près tous les jours, travaille avec moi à cette cure qui nous fera beaucoup d'honneur. Il nous prête tous les livres de sa bibliothèque qu'il croit devoir nous amuser et nous instruire ; et une chose bien étonnante, c'est que tous ces vieux auteurs dont on nous avait dit tant de mal nous amusent infiniment, surtout le *marquis* Voltaire, comme nous l'appelions dans nos réunions de jeunes hommes de lettres.

« Le soir, pour délasser Ernest de sa peinture, car maintenant il travaille tout le jour, je le mène au spectacle. Il a été tout surpris de n'y pas voir jouer ces belles pièces que nous admirions tant à Paris. Il a voulu en savoir la raison, et il a demandé au directeur pourquoi l'on privait le public de province de ces beaux et grands ouvrages qui font l'admiration de la capitale. Croiriez-vous bien que le directeur lui a répondu qu'il se garderait bien de faire cette tentative ; que les grandes villes de province avaient fait cet essai qui leur avait fort mal réussi ; que le public avait ignominieusement sifflé tous ces monstres dramatiques qui , en gâtant le goût et en pervertissant les mœurs, ont perdu , peut - être pour long - temps , la saine littérature. » Lorsque Ernest m'a raconté la réponse du directeur, je n'ai pu m'empêcher de songer à notre pièce et à notre oncle, qui l'a traitée avec des manières de province. D'après son opinion et celle du directeur sur le nouveau genre, je vais me faire des papillotes de ma tragédie. Elle nous aura au moins rapporté quelque chose.

« Vous n'allez pas tarder de voir Gustave à Paris. Nous l'avons chargé de vous porter nos sentiments de reconnaissance et d'amitié. Cet aimable jeune homme est estimé de tout le monde à Grenoble : il s'est fait distinguer dans son honorable état, aussi va-t-il recevoir tout à la fois le prix de ses travaux et de ses talents en épousant la fille du président de la cour

24

royale qu'il aime et dont il est aimé. Il ne
va à Paris que pour y faire les emplettes
nécessaires pour sa future et son mariage.

« Un faux amour-propre empêche Gustave de vous écrire; il ne peut oublier que
vous savez toute son histoire; et cette idée
l'humilie à ses propres yeux. Cependant je
puis vous assurer qu'il n'existe pas pour
vous un cœur plus reconnaissant que le
sien... Je me trompe, il en est un, et c'est
le mien, dont rien ne peut égaler la tendresse respectueuse que je vous ai vouée
pour la vie.

« JULIETTE DE PONTRIANT. »

Je me regardai comme heureux d'avoir
reçu cette lettre, qui me donnait tous les
renseignements que je pouvais désirer sur
la destinée et les projets de mes jeunes
compatriotes. Je me réjouissais de voir un

changement dans la manière de vivre de notre étourdi. Son goût pour le travail me rassurait pour l'avenir; et, comme un tendre père, je faisais des plans pour son bonheur.

Je me complaisais dans mes réflexions, lorsque le valet de chambre de M. Dubocage ouvrit subitement la porte en m'annonçant que son maître venait de tomber en apoplexie. Effrayé de cette nouvelle, je courus vite à son hôtel. Il n'avait point encore repris sa connaissance, et, tandis que les médecins lui prodiguaient leurs secours, je réfléchis qu'il était d'une grande importance qu'Ernest fût à Paris. Je m'empressai donc de lui écrire ces lignes.

« Mon cher Ernest, on désespère de la « vie de votre oncle; partez pour Paris « aussitôt ma lettre reçue. Je ne puis vous

24.

« dire quelles sont ses dispositions à votre
« égard ; j'ignore s'il a fait un testament :
« mais, quel que soit le sort qui vous est
« réservé, soyez certain qu'il vous restera
« toujours un ami dans votre dévoué

DULONGBOIS. »

M. Dubocage revint à lui, mais dans un
état désespéré. Ne pouvant me parler, il
me montrait son secrétaire et semblait
m'indiquer d'en prendre la clef et de la
mettre dans ma poche. Je lui obéis, et il
me parut satisfait... Quelques jours après
il mourut ; et, au moment où, dans l'intérêt
des héritiers, je venais de faire mettre les
scellés partout, on vint m'avertir que
trois personnes m'attendaient chez moi.
Je pensai avec raison que ce pouvait être
le neveu de M. Dubocage. En effet, en

rentrant chez moi je trouvai monsieur et madame de Beaumanoïr et Gustave, qui s'était joint à eux pour faire le voyage. Comme eux il était impatient de savoir quel serait le sort de son ami dans les dispositions testamentaires du redoutable misantrope.

Dès mon arrivée, j'annonçai à Ernest la mort d'un oncle qui malheureusement, par sa conduite bizarre avec sa famille, devait avoir peu de part à ses regrets. « Ce qui m'inquiète pour vous, lui dis-je, c'est que cet homme singulier qui, pendant dix ans, a échappé à toutes mes observations, me prouve, au moment de notre séparation, qu'il m'a traité comme un sot. Ce que j'ai appris depuis sa mort, de la bouche même de son valet de chambre, duquel il avait exigé le secret, m'a surpris au dernier point. J'étais bien certain que votre oncle ne recevait chez lui que moi seul; mais j'ignorais qu'il sortait souvent par une porte de ses jardins, et qu'il fréquentait les spectacles et les lieux publics. Aussi était-il plus instruit des événements qu'il ne voulait le paraître ; et s'il me faisait parler de ce qu'il savait aussi bien que moi, c'était afin de me contredire ou d'exhaler sa bile. Je ne doute pas, par exemple, qu'il n'ait connu les principaux événements de votre vie, et peut-être a-t-il cherché à vous voir pour connaître votre figure et celle de Madame... Que peut-on espérer d'un caractère qui se jouait du seul homme qui lui montrait de l'intérêt ? Oh ! mes chers enfants, ne comptez pas sur lui. Tout me fait voir qu'il a fait un testament, et c'est le plus grand malheur qui puisse arriver à son héritier légitime.

— Oh ! ce n'est pas pour moi, dit Ernest, que je regretterai de n'avoir pas de part à sa fortune ; mais cette bonne Juliette, mon amie, ma compagne fidèle, n'aura donc recueilli de son union avec moi que les chagrins et la misère.

— Eh! pourquoi donc, répondit Juliette, t'affliger de ce que la fortune ne nous sourit pas? Dans les situations pénibles où je me suis trouvée avec toi, ne m'as-tu pas toujours vue heureuse? Oh! que le ciel ne nous sépare jamais et je n'ai rien à désirer.

— Mais si cet oncle, que je n'ai jamais pu offenser, me réservait au moins dans son testament cette pension que vous avez obtenue pour moi, je me croirais maintenant l'homme le plus riche. Mais ne posséder rien! rien au monde!

— Et ma modique fortune craindras-tu donc toujours de la partager avec moi? s'écria Gustave. Ne suis-je pas ton ami, ton frère?...

— Et moi donc, dis-je aussi tout atten-

dri , en me précipitant vers eux , ne dois-
je pas être votre père ? Ne serez-vous donc
pas mes enfants ?... Quant à vous, Gustave,
votre bien ne vous appartient plus ; il
appartient de droit aux enfants qui naî-
tront du mariage que vous allez contrac-
ter... Mais moi , vieillard , célibataire ,
ami de votre oncle, j'ai le droit de réparer
ses torts, de vous nommer mes enfants ;
oui , je n'en aurai pas d'autres , et , comme
tels , vous aurez tout mon bien.

— Quoi ! s'écrièrent-ils tous à la fois ,
vous voulez être notre père ! Oh ! vos bontés
pour nous nous ont déjà prouvé que vous
en avez le cœur. C'est à vos genoux que
notre reconnaissance...

— C'est dans mes bras que vous devez
être , m'écriai-je dans la joie d'un sentiment que je n'avais jamais connu. Oui ,
vous êtes mes enfants , désormais, vous
m'appartenez , et c'est de vous seuls que

dépendra tout le bonheur de ma vie. »

Comme cette scène nous avait tous très émus, je trouvai convenable de les distraire en leur montrant mon logement, et en leur prouvant qu'ils pouvaient habiter chez moi sans me déranger de mes habitudes. Je leur fis ensuite servir un bon déjeuner, qu'ils mangèrent de bon appétit, car ils n'avaient rien pris depuis la veille. Quels que soient nos chagrins, nos émotions, il faut toujours songer à la nécessité de réparer nos forces. Tandis qu'après leur repas, ils goûtaient quelques instants de repos, je fis prévenir les gens de loi et le notaire que l'unique héritier de M. Dubocage venait d'arriver à Paris, et qu'il fallait procéder à la levée des scellés, et savoir enfin si l'on ne trouverait pas un testament parmi les papiers du défunt.

Quand tout fut préparé pour cette grande cérémonie à laquelle Ernest ne pouvait

songer, comme il le disait lui-même, sans
un battement de cœur, nous nous rendîmes à la maison du défunt, où les gens
de loi nous attendaient déjà. Comme je
me doutais bien, d'après les signes du
moribond, que le secrétaire renfermait
la pièce importante que nous avions tant
à redouter, je manifestai le désir que ce
fût par ce meuble que l'on commençât
l'inventaire. En effet, on n'eut pas plus tôt
ouvert le secrétaire que l'on découvrit une
grande feuille de papier écrite tout entière
de la main de M. Dubocage, avec ces mots
en tête et en gros caractères : *Ceci est*
mon Testament.

Au nom de testament, prononcé par
le notaire, une pâleur subite se répandit
sur le visage d'Ernest, et son ami n'eut
que le temps de le faire asseoir. Sa jeune
femme prit l'une de ses mains et la tenant
dans les siennes, lui témoignait, par ses

larmes, tout l'intérêt qu'elle prenait à sa pénible situation.

Le notaire se disposant à faire la lecture du testament, en présence des domestiques de la maison, nous nous assîmes tous pour l'écouter avec l'émotion que donne toujours la connaissance des dernières volontés d'un mourant.

TESTAMENT DE M. DUBOCAGE.

« Comme à l'instant de quitter ce monde pervers, il n'est pas facile d'emporter ses richesses au-delà du tombeau, et que, malgré qu'on en ait, il faut avoir des héritiers,

« J'institue pour mon légataire universel le chevalier de Beaumanoir mon neveu. »

(A ce nom, le sentiment pénible qui

nous oppressait s'exhala par une exclama-
tion de joie qui nous fit respirer plus librement. Le notaire continua :)

« . . . . . le chevalier de Beaumanoir mon
neveu, afin qu'il jouisse en toute propriété,
du jour de mon décès, de mes biens,
meubles et immeubles, à la condition qu'il
ne fera plus de tragédie, et qu'il prendra
pour légitime épouse la jolie petite femme
qui a partagé toutes ses folies, et qui, j'espère, avec le secours des douches l'aura
guéri de la dernière. »

(Quelque triste que fût notre réunion,
nous ne pûmes nous empêcher de rire de
la condition du testateur.)

« Je lègue à mon valet de chambre une
somme de 3o,ooo fr., pour lui donner les
moyens d'épouser la petite brune qu'il
allait voir tous les soirs en cachette, dans
l'espérance que ce mariage le forcera à regretter son bourru de maître.

« Plus une somme de 6,000 à chacun de mes valets et jardiniers : je leur donne de plus tout ce qu'ils m'ont volé.

« Les autres legs qui se trouveront ci-dessous énoncés ne seront payés que sur de bons et loyaux certificats légalisés par la mairie du lieu. En attendant la délivrance de ces legs aux personnes qui y auront droit, j'entends que la totalité des sommes formée par ces différents legs soit convertie en rente sur l'État, dont l'intérêt sera versé dans la caisse des enfants trouvés. En conséquence de cette dernière disposition, qui fera plus de plaisir aux administrateurs que de profit aux enfants...

« Je lègue 10,000 fr. à un candidat député qui, la veille de son élection, ne sera pas plus poli qu'à son ordinaire.

« *Item.* — 10,000 fr. à l'une de nos coquettes qui aura laissé passer deux ans sans adopter la mode nouvelle.

« *Item.* — 10,000 fr. au gérant d'un petit journal qui, dans l'espace de trois mois, n'aura pas laissé insulter, calomnier un intègre administrateur ou un modeste homme de lettres.

« *Item.* — 10,000 fr. à une jeune femme qui, dans la première année de son mariage, n'aura point fait enrager son époux par ses caprices et ses évanouissements.

« *Item.* — 10,000 fr. à un jeune avocat qui, dans une cause tout-à-fait étrangère à la politique, n'aura pas négligé les intérêts de son client, pour montrer son esprit et son opinion.

« *Item.* — 10,000 fr. à une femme de 40 ans, qui ne mettra pas plus de coquetterie dans sa parure qu'une femme de 20 ans.

« *Item.* — 10,000 fr. à un médecin, un peintre et même un poète, qui ne se croira pas le premier de sa profession, et qui ne dira pas de mal de ses confrères.

« *Item.* — 10,000 fr. à l'actrice célèbre qui, le lendemain d'une première représentation, n'attribuera pas le succès de la pièce à son seul talent.

« *Item.* — 10,000 fr. à un banquier qui, après avoir fait une fortune rapide, ne deviendra pas plus insolent qu'un ancien grand seigneur.

« *Item.* — 10,000 fr. à un joli jeune homme qui, par sa fatuité, ne voudra pas fixer l'attention des sots.

« *Item.* — 10,000 fr. à l'un de nos mille et un faiseurs de vaudevilles qui fera une bonne pièce à lui tout seul, sans rien dérober à personne.

« *Item.* — 10,000 fr. à un antiquaire qui, se comprenant bien, parviendra à se faire comprendre de ses savants confrères.

« *Item.* — 10,000 fr. à une femme auteur qui passera une soirée dans le grand monde sans chercher à faire de l'esprit.

« *Item*. — 10,000 fr. à un vieux général qui sera resté trois jours sans parler de ses campagnes.

« *Item*. — 10,000 fr. à un homme de cour dont la politesse avec l'homme qu'il croira son inférieur, ne sera pas impertinente, et qui, près de son maître, n'aura pas l'âme et les manières d'un valet.

« *Item*. — 10,000 fr. à un prêtre catholique qui ne sera ni intolérant, ni hypocrite.

« *Item*. — 10,000 fr. à un enthousiaste de Napoléon qui prouvera par des faits qu'il aime la liberté et l'égalité.

« *Item*. — 10,000 fr. au jeune homme qui, s'étant déclaré le partisan de Robespierre par ses écrits ou en portant sa livrée, pourra prouver que, dans le cours de sa vie, il n'aura pas eu une fois l'idée d'être comme son patron, lâche et cruel.

« *Item.* — 10,000 fr. au rédacteur d'un grand journal qui rendra compte des séances de la chambre, sans altérer ou changer, selon la couleur de son parti, les discours de ses adversaires.

« *Item.* — 10,000 fr. au gentilhomme breton qui, dans l'espace d'une année, n'aura pas chassé le lièvre, ne se sera pas enivré, et n'aura point battu ses paysans.

« *Item.* — 10,000 fr. à celui des Quarante qui, dans l'un de ses discours académiques, se montrera tout à la fois bref, spirituel et éloquent.

« *Item.* — 20,000 fr. au député qui aura siégé pendant trois ans à la chambre sans avoir obtenu ni demandé une place pour lui ou pour les siens.

« *Item.* — 30,000 fr. au mari le plus aimé de sa femme qui pourra prouver qu'elle ne l'a jamais trompé.

« *Item.* — 50,000 fr. au ministre qui,

en gouvernant l'état pendant trois mois
seulement, aura obtenu l'approbation de
tous les journaux.

« J'aurais encore beaucoup de legs à
faire, tels que ceux mentionnés ci-dessus,
mais je m'arrête par pitié pour mon
neveu.

Ci-joint un Codicille.

« Je nomme pour exécuteur testamen-
taire M. Dulongbois, un brave homme,
qui se croit très-fin, parce qu'il s'est ima-
giné que j'étais sa dupe quand il m'a présenté sa dame-aux-pensionnaires. Je lui
lègue, en reconnaissance de la patience
qu'il a mise à supporter mon humeur noire,
mon hôtel et tous les meubles qu'il con-
tient, à la condition qu'il me fera élever
un tombeau au milieu de mes serres. Mais,

comme il faut que ce tombeau soit utile à quelque chose, il fera environner sa base de plusieurs degrés qui seront destinés à porter des vases de fleurs. De plus , il fera graver pour l'instruction de mes descendants , sur chacune des quatre faces du tombeau , les inscriptions suivantes :

SUR LA 1re FACE.

« Ci-gît Jean-Charles , baron de Beau-
« manoir, dit Dubocage. Il passa la moitié
« de sa vie à servir et à aimer les hommes ,
« et l'autre partie à les détester. »

SUR LA 2me FACE.

« Il dévoua sa vie et ses biens au sou-
« lagement du peuple , et le peuple voulut
« le pendre. Plus tard, il fut condamné par
« un tribunal de sang à périr sur un écha-
« faud. »

SUR LA 3me FACE.

« Il avait une femme et un ami qu'il
« chérissait tendrement. Son ami le trahit,
« et sa femme le fit c... »

SUR LA 4me FACE.

« O toi mâle ou femelle qui lis mon épi-
« taphe, comme tu ne vaux pas mieux que
« tous mes bons amis, puisse-t-on bientôt
« faire la tienne. »

CONCLUSION.

L'auteur croit n'avoir pas besoin de
prévenir son lecteur que M. Dubocage fut
somptueusement enterré et fort peu re-
gretté de son héritier ; qu'Ernest épousa
sa bonne Juliette ; que Gustave, qui se
maria quelques mois après, resta toujours

l'ami de la maison de Beaumanoir; et que
M. Dulongbois, après avoir fait élever le
tombeau du misantrope, vint habiter son
hôtel avec ses jeunes amis, qui devinrent
tout-à-fait ses enfants.

Comme tous les vieillards sont toujours
un peu radoteurs, M. Dulongbois se plai-
sait à répéter aux jeunes gens qui fréquen-
taient sa maison, que le plus souvent les
hommes se rendaient malheureux par de
faux systèmes; que, lui le premier, cé-
dant à un peu d'égoïsme, avait eu tort de
ne pas se marier dans sa jeunesse; que
M. Dubocage, trompé par les hommes,
avait sans doute le droit de s'en défier,
mais non pas de les haïr tous; qu'Ernest,
par l'exaltation de ses idées sur la littérature
et de ses opinions, s'était attiré tous ses malheurs : qu'il ne voyait enfin de raisonnable
que Gustave, puisque, en se gardant des
exagérations littéraires et politiques qui

règnent aujourd'hui dans le monde, il était parvenu à jouir de cette vie paisible que donnent toujours la modération et le bon sens.

Quant aux legs dont le revenu appartient aux Enfants-Trouvés, ils ont été annoncés dans toutes les feuilles publiques, dans l'intérêt des personnes qui pouvaient avoir droit au testament; mais les journalistes qui sont toujours malins, et disposés à la satire, ont assuré, en publiant les conditions du testament, que les administrateurs de la maison des Enfants-Trouvés disaient publiquement qu'ils étaient certains de jouir à perpétuité de la totalité del eur revenu.

FIN.

Librairie

DUFÉY ET VEZARD,

RUE DES MARAIS SAINT-GERMAIN, N° 17.

SOUS PRESSE.

TABLEAU DE LA LITTÉRATURE au XVIIIe siècle; par M. de Barante. 5e édition, 1 vol. in-8°, imprimé sur papier superfin. Prix :   7 fr.

PUBLICATIONS NOUVELLES.

HISTOIRE DE LA RESTAURATION, et des causes qui ont amené la chute de la branche aînée des Bourbons; par un homme d'État. 1re livraison, 2 vol. Prix :   15 fr.
La 2e livraison paraîtra le 10 janvier.

HISTOIRE CONSTITUTIONNELLE ET ADMINISTRATIVE DE LA FRANCE, depuis la mort de Philippe-Auguste; par M. Capefigue. PREMIÈRE ÉPOQUE : de Louis VIII à la fin du règne de Louis XI; 1223-1483. 4 vol. in-8°. Prix :   30 fr.

HISTOIRE DES DUCS DE BOURGOGNE, DE LA MAISON DE VALOIS; par M. de Barante; 1334-1477. 13 vol. in-8°, sur papier fin satiné, 4e édition. Prix :   84 fr.
Le même ouvrage, 24 vol. in-12. Prix :   72 fr.

HISTOIRE DES DUCS DE BRETAGNE; par M. de Roujoux. 4 vol. in-8°. Prix :   30 fr.

HISTOIRE DE PHILIPPE-AUGUSTE; par M. Capefigue. 4 vol. in-8°. Prix :   30 fr.

MÉLANGES HISTORIQUES ET LITTÉRAIRES; par M. Villemain. 3 vol. in-8°, papier fin satiné, ornés de dix portraits et d'une carte. Prix :   27 fr.

LE COUVENT DE SAINTE-MARIE-AUX-BOIS, précédé d'une NOTICE SUR LA GUERRE D'ESPAGNE; par M. le vicomte de Martignac. 2e édit. 1 vol. in-12. Prix :   4 fr.

OEUVRES DE CASIMIR DELAVIGNE. 4 vol. in-8°.

  Prix :   54 fr.

  LES MÊMES. 7 vol. in-18. Prix :   39 fr.

HISTOIRE DE LA RÉVOLUTION FRANÇAISE, depuis 1789
  jusqu'en 1814; par Mignet. 4ᵉ édit. 2 forts vol. in-8°   14 fr.

ESSAI SUR L'ÉDUCATION DES FEMMES; par madame la
  comtesse de Rémusat. 1 vol. in-8°, imprimé sur papier fin d'Au-
  vergne.   7 fr.

  Papier vélin.   14 fr.

MÉMOIRES de Montlosier. 2 vol. in-8°.   15 fr.

ABRÉGÉ DE L'HISTOIRE GÉNÉRALE DES VOYAGES, par
  Laharpe. 30 vol. in-18, pap. vél. fig. avant la lettre.   150 fr.

ANTILLES FRANÇAISES, particulièrement de la Guadeloupe,
  depuis leur découverte jusqu'au 1ᵉʳ novembre 1825; par le
  colonel Royer-Peyreleau. 3 vol. in-8° ornés de cartes et tableaux.   24 fr.

CHANSONS ET POÉSIES DIVERSES de Désaugiers. 4 vol.
  in-18.   16 fr.

CHEFS-D'OEUVRE des théâtres étrangers, allemand, anglais,
  espagnol, hollandais, italien, polonais, portugais, russe et
  suédois. 23 vol. in-8°, grand pap. vél.   300 fr.

LES DEUX APPRENTIS; par Merville. 4 vol. in-12, ornés de
  4 jolies gravures.   12 fr.

L'ÉCOLIER, ou RAOUL ET VICTOR; par madame Guizot. 4 vol.
  in-12, ornés de 16 jolies gravures.   16 fr.

ÉDOUARD; par madame de Duras. 2 vol. in-12, pap. vél. 10 fr.

NADIR, Lettres orientales. 1 vol. in-12.   3 fr.

ODES de Victor Hugo. 1 vol. in-18, fig.   4 fr.

OEUVRES COMPLÈTES de Millevoye. 6 vol. in-18, ornés de
  5 belles vignettes.   24 fr.

OURIKA; par madame de Duras. 1 vol. in-12, fig.   4 fr.

VOYAGE LITTÉRAIRE en Angleterre et en Écosse; par Amé-
  dée Pichot. 3 vol. in-8°, et atlas.   27 fr.

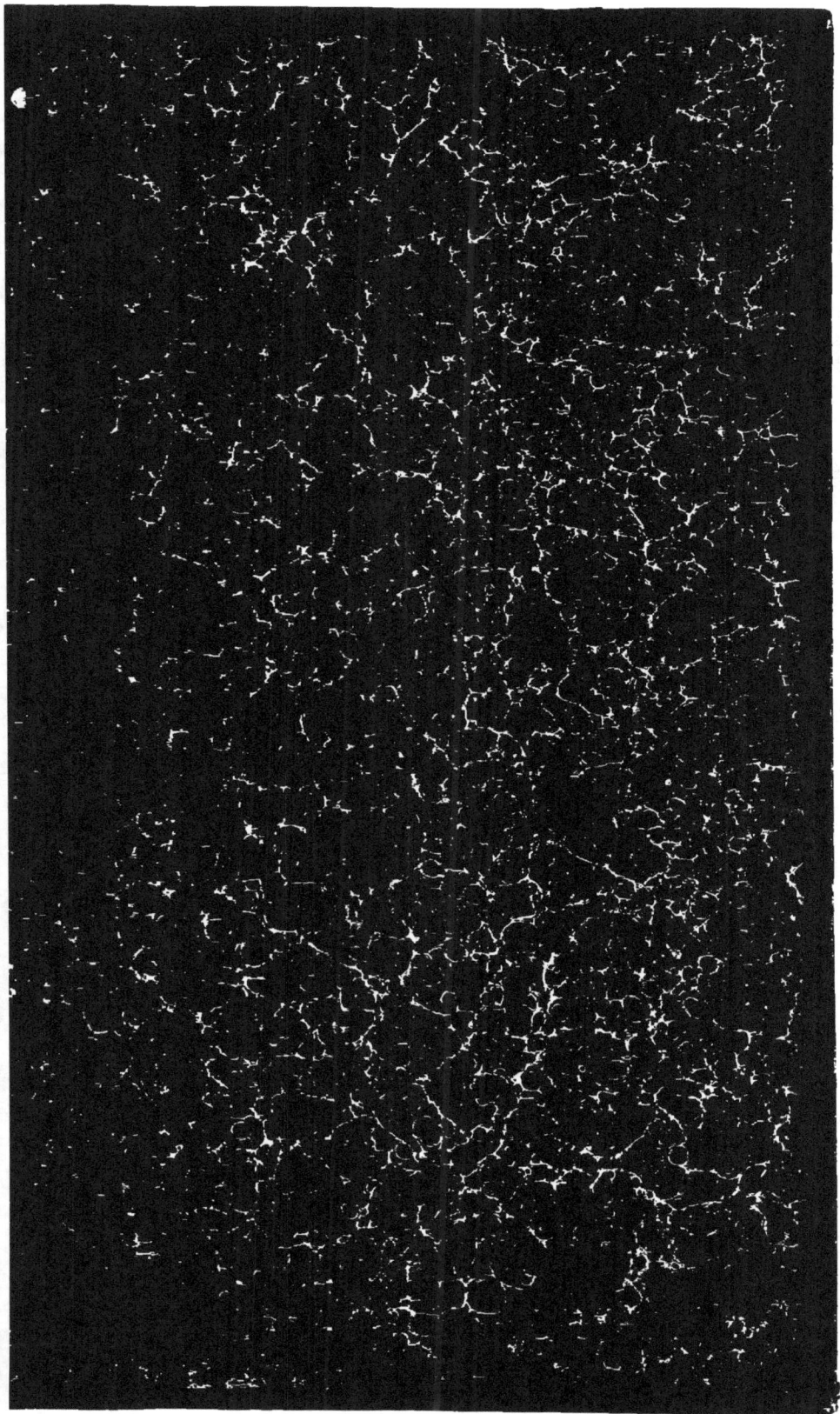